당신이 준 것

당신이 준 것

문지혁 짧은 소설

박선엽 그림

마음산책

문지혁

2010년부터 소설을 발표하기 시작했다. 지은 책으로 장편소설 『체이서』『P의 도시』
『비블리온』『초급 한국어』『중급 한국어』, 소설집『사자와의 이틀 밤』『우리가 다리를
건널 때』『고잉 홈』, 작법 에세이『소설 쓰고 앉아 있네』, 옮긴 책으로『끌리는 이야기
는 어떻게 쓰는가』『라이팅 픽션』『동물 농장』 등이 있다.

당신이 준 것

1판 1쇄 인쇄   2025년 12월 30일
1판 1쇄 발행   2026년 1월 5일

지은이   문지혁
그린이   박선엽
펴낸이   정은숙
펴낸곳   마음산책

담당 편집   황서영
담당 디자인   한우리
담당 마케팅   권혁준·조은현
경영지원   박지혜

등록   2000년 7월 28일(제2000-000237호)
주소   (우04043) 서울시 마포구 잔다리로3안길 20
전화   대표 | 362-1452 편집 | 362-1451 팩스 | 362-1455
홈페이지   www.maumsan.com
블로그   blog.naver.com/maumsanchaek
엑스   x.com/maumsanchaek
페이스북   facebook.com/maumsan
인스타그램   instagram.com/maumsanchaek
전자우편   maum@maumsan.com

ISBN   978-89-6090-972-4 03810

* 책값은 뒤표지에 있습니다.

JH에게

작가의 말

오랫동안 작가를 꿈꿔온 제가 젊은 날 가장 먼저 쓰기 시작했던 건 짧은 소설들이었습니다. 영감의 기록으로, 한 페이지 소설로, 대학원 과제로, 사랑하는 이에게 줄 선물로, 수없이 많은 짧은 소설을 쓰고 고치고 제출했습니다. 때로는 우쭐하고 대개는 좌절했던 그 시절을 통과해 저는 가까스로 여기까지 왔습니다. 이제 와 돌아보니 제가 짧은 소설을 쓴 것이 아니라 짧은 소설이 저를 쓴 것이었습니다.

여기 묶은 소설들은 20년에 가까운 시차를 지니고 있습니다. 가장 오래된 소설은 2007년 대학원 워크숍에서 쓴

「KISS」이고, 가장 최근에 쓴 것은 2024년 봄 문예지에 발표한 「멸종과 생존」입니다. 특별히 그간 제 책 어디에도 담기지 못했던 2010년 데뷔작 「체이서」를 소개하게 된 것은 (너무 늦어 조금 민망하기도 하지만) 기쁘고 다행한 일입니다. 이 열두 편의 소설에는 무엇을 써야 하는지, 무엇을 쓸 수 있는지 몰라 이런저런 장르와 소재에 도전하던 고민과 시행착오의 흔적들이 새겨져 있습니다. 지금의 시선으로 아무리 문장을 고치고 다듬어도 다 감춰질 수 없는 지난날의 미숙함과 투박함을 어떤 미래의 가능성으로 바꾸어 읽어주신다면 그보다 더 감사한 일은 없을 것입니다.

장편소설이나 소설집은 저의 특정한 한 시절을 담은 결과물이지만, 어쩌면 이 책은 온전한 제 역사일지도 모르겠습니다. 역사란 수많은 시간과 언어, 선택과 행동이 모인 결과겠지요. 책의 제목을 두고 고민하다가 '당신이 준 것'을 선택한 이유는 여기 담긴 모든 글이 결국 누군가 저에게 준 것들을 오랫동안 간직하고 지켜보며 기록한 결과라는 생각에 이르렀기 때문입니다. 좋은 것도 나쁜 것도, 슬프거나 기쁜 것도, 이해할 수 없는 고통이나 분에 넘치는 사랑도 모두 당신이 준 것입니다. 시간과 장소와 언어와 얼굴을 바꾸어가며 만난 당신이 지금의 저와 이 작고 모난 세계를 만들었습니다.

그 당신이 되어주셔서 고맙습니다.

2025년 겨울
문지혁

차례

작가의 말 7

모든 것을 꿰뚫어 보는 시간이

마침내 당신을 찾아냈도다.

—소포클레스,「오이디푸스 왕」

순
간

KISS

부엌 뒤쪽에서 지하실로 통하는 문을 발견한 것은 막 돌아가려던 참이었다.

"젠장, 못 찾은 것보다도 못하게 됐군."

중얼거리며 문을 열려는 순간 프랭크가 몸을 낮추며 나를 막았다.

"이것 봐, 손잡이에만 먼지가 적게 쌓여 있어."

"그래서?"

"최근까지 놈이 이곳을 드나들었단 얘기지. 다시 말하자면……."

"알겠어, 알겠으니까 쉽게 가자고."

나는 문을 홱 열고 권총을 겨눈 채 계단을 내려가기 시작했다. 내려갈수록 지하실로부터 심한 화학약품 냄새가 올라왔다.

"이봐, 그렇게 서두를 건 없잖아."

코를 쥐었는지 맹한 목소리로 뒤쪽에서 프랭크가 말했다.

"신중 또 신중 몰라? 상대는 연쇄살인범이라고. 사우스 솔트레이크시티가 생긴 이래 가장 흉악한……."

잔뜩 움츠린 그의 목소리는 이제 거의 속삭이는 듯했다.

"닥치고 불 좀 찾아봐."

곧 계단이 끝났다. 프랭크의 손전등이 이곳저곳을 비추더니, 오른쪽 구석에서 전등 스위치를 찾아냈다. 총을 겨눈 채로 스위치를 올리자 지하실 전체에 환하게 불이 들어왔다.

"저기……!"

프랭크의 손가락이 가리킨 곳은 텅 빈 지하실의 왼쪽 모퉁이였다.

"엄호."

나는 긴장을 늦추지 않은 채 왼쪽 구석으로 다가갔다. 그곳에는 네 개의 커다란 검은색 직사각형 상자가 놓여 있었다.

"이게 뭐 같냐?"

"관이라는 데 내 연금과 네 목숨을 걸지."

어느새 다가온 프랭크가 말했다.

"열자."

프랭크는 들릴락 말락 한 목소리로 씨발,이라고 중얼거리더니 곧 관의 반대쪽으로 걸어갔다. 관 뚜껑은 제법 무거워서 남자 두 명이 겨우 들어 올릴 수 있는 정도였다.

"내 이럴 줄 알았어, 쌍!"

관이 열리자 프랭크가 코를 쥐며 돌아섰다. 관 속에는 대여섯 살쯤으로 보이는 사내아이가 누워 있었다. 조금 붓고 변색되긴 했지만 살아 있는 것과 별반 다르지 않은 모습. 그제야 나는 따가운 화학약품 냄새에 섞여 있는 희미한 단내의 정체를 깨달았다. 포름알데하이드.

"이거."

프랭크에게 시체의 머리맡에 놓여 있는 작은 종이를 내밀었다. 대문자로 'KID'라고 적혀 있었다.

"키드?"

"다음."

두 번째 관을 열자 거기엔 젊은 여자가 누워 있었다. 머리에는 플라스틱으로 만든 조악한 황금색 왕관이 씌워져 있고, 옆에는 'KING'이라는 단어가 적힌 종이가 놓여 있었다.

"도대체 정체가 뭐야, 이 새끼?"

"다음."

세 번째 관에 누운 것은 초로의 남자였다. 가지런히 모은 두 손 위에 놓인 것은 얇은 종이로 만든 연이었다. 그리고 적혀 있는 단어, 'KITE'.

"제기랄, 도저히 못 참겠네. 나가자."

"하나만 더."

마지막 관은 이제까지의 관과 조금 달랐다. 폭이 두 배

정도나 더 넓고, 뚜껑도 훨씬 무거워서 프랭크와 나는 한참을 낑낑거려야 했다.

"이건 또 뭐야, 썅."

관 속은 텅 비어 있었다. 프랭크는 그 속에서 단어가 적힌 종이를 꺼내 읽었다.

"케이, 아이, 에스, 에스?"

"뭐야 그게?"

"몰라서 물어? 이 새끼, 이번엔 누굴 죽이려고……. 변태 새끼."

그가 건넨 종이를 손에 쥐자 내가 가진 단어는 모두 네 개였다.

KID, KING, KITE, KISS.

아이, 왕, 연, 그리고…….

"이봐, 최근에 들어온 아동 살인사건 기억나?"

"디트로이트 거?"

"그래……. 이십대 여자 납치 살인은?"

"그야 수도 없이 많지."

"제일 최근 것 말야."

"노스 조지아."

프랭크와 나는 눈을 맞춘 채 한동안 얼어붙은 것처럼 서 있었다. 나는 확인하듯 한 번 더 물었다.

"오십대 남자 토막 살인은?"

"……테네시 내슈빌."

비로소 나는 시체들과 함께 관 속에 들어 있던 단어들이 뜻하는 바를 깨달았다. 그들이 다만 단어 이상의 무엇이라는 것도.

KID.

Killed In Detroit.

KING.

Killed In North Georgia.

KITE.

Killed In Tennessee.

그렇다면,

KISS.

Killed In…….

　생각이 거기에 이르자 프랭크와 나는 누가 먼저랄 것도 없이 계단을 향해 뛰기 시작했다. 저 위에서 철컥, 문 잠기는 소리가 들려왔다.

강과 맥주

강이 내려다보이는 벤치에 앉아 우리는 맥주를 마셨다. 늦여름의 한강에는 시원한 바람이 거닐었고, 어둠은 지저분한 강의 표면마저 매끄럽게 손질했다. 낙엽처럼 가로등에서 떨어져 나온 빛의 조각들은 잔잔한 물결을 따라 이리 흩어지고 저리 흩어지기를 반복했다. 우리는 아무 말도 하지 않았다. 이따금 등 뒤로 아이들의 웃음소리나 조깅하는 이들의 거친 숨소리, 어디론가 부드럽게 미끄러지는 자전거 바퀴 소리 같은 것들이 들려왔다.

그녀는 어떤지 모르겠지만, 내가 말을 하지 않은 것은 하고픈 말이 없기 때문이 아니었다. 오히려 그 반대였다. 나

는 무슨 말을 어떻게 꺼내야 할지 몰랐으므로 아무 말도 할 수 없었다. 하고픈 말들의 첫 단어들이 머릿속에서 텅 빈 대관람차처럼 빙빙 돌았지만 나는 그중 어느 칸에도 선뜻 탑승하지 못하고 머뭇거렸다. 이 칸에 올라타면 채 반절쯤 오르기도 전에 다른 칸에 타지 않은 것을 후회할 것만 같았다. 아니, 어쩌면 나는 그녀가 타고 있을지도 모르는 어떤 칸을 기다렸던 건지도 몰랐다. 하지만 그것은 텅 빈 대관람차의 모든 칸을 지나쳐 보낸 후에야만 비로소 알 수 있는 것이었다.

생각이 많아질수록 시간은 더디 흘렀다. 인류는 시간을 분으로, 분을 다시 초로 나누었지만 그 순간 나는 초를 다시 더 작은 순간들로 쪼개고 있는 것 같았다. 세상은 느려지고 강물은 정지했다. 고개를 돌릴 때마다 그녀의 옆모습이 눈에 들이밌다. 멈춰비린 배경 속에서 불빛을 반아 빛나는 옆모습 끄트머리에는 말랑말랑하고 부드러울 것이 분명한 입술이 솟아 있었다. 나는 그녀와 입을 맞추고 싶을 때마다 맥주 캔을 들어 홀짝거렸다. 맥주는 그녀와 나 사이

에 놓인 시간이 실은 멈춘 것이 아니라 흐르고 있음을 알
려주는 유일한 모래시계였다. 편의점에서 사 온 네 캔의 맥
주 중 세 캔을 모두 마셔버리고 나서야, 나는 내가 얼마나
그녀 바깥에 있는지를 깨달았다.

이제 갈까?

그녀가 몸을 일으키며 말했다. 나는 엉거주춤한 자세로
그녀를 올려다봤다.

아직 맥주가 남았는데.

거짓말이었다. 내 몫의 맥주는 남지 않았다. 그녀는 난감
하다는 표정을 지어 보였다.

내 것도 조금 남긴 했어. 그렇지만…….

가야 해. 그녀는 여전히 반짝거리는 입술로 말했고, 나는
웃으려고 애를 썼다.

그녀가 떠난 뒤 나는 한참 동안 강물을 바라보며 앉아
있었다. 마침내 조명이 꺼지고 인적이 드물어졌을 무렵 나
도 자리를 정리했다. 그녀가 남기고 간 맥주 캔을 들어보니
거의 마시지 않은 채였다. 나는 남은 맥주를 모두 강물에

흘려 보내고 텅 빈 네 개의 캔을 버리지도 찌그러뜨리지도
못한 채 그대로 가방에 넣고 돌아왔다.

7초만 더

OFF

잘 타지 않는 Q라인을 탄 것은 그녀를 만나기 위해서였다. 지난 2주간 연락이 없던 그녀에게 어젯밤 텍스트가 온 것이다.

See you tomorrow,

6 pm @ Union Square.

이모티콘 없는 짧은 문자는 갑작스러웠던 2주간의 공백만큼이나 낯설었다. 무슨 말을 하려는 걸까. 좋아한다고 고백했을 때 그녀는 잠시 시간을 달라고 했었다. 그 시간이 그녀에게는 2주였던 걸까. 만나기 전까지는 아무것도 알 수 없다. 승낙이든 거절이든 나는 빨리 아는 편이 낫겠다고 생각했다. 오후 5시 유니언 스퀘어로 가는 노란색 Q라인을 기다린다.

ON

지하철이 도착하고 문이 열린다. 들고 있던 아이폰의 음악 앱을 열어 플레이 버튼을 누른다. 모드는 랜덤 플레이.

PLAY 0:01

지하철에 들어서자 정면에 앉아 있던 사내가 내리며 자리가 생긴다. 서 있는 사람이 아무도 없는 것을 확인하고 나는 거기에 앉는다. 어디선가 희미하게 기분 나쁜 냄새가 난다. 사내는 홈리스였던 걸까? 주위를 둘러보지만 별다른 점은 없다. 나는 인간의 후각이 금세 둔감해지는 감각기관이라는 것을 알고 있으므로 조금만 더 참고 있기로 한다.

뉴욕의 지하철에서 냄새를 논하는 것은 서울에서 교통체증을 탓하는 것만큼이나 부질없는 짓이다. 이어폰에서 피아노 소리가 들려오기 시작한다.

PLAY 0:17

액정에 나타난 곡명을 확인한다. 〈추억과 함께 영원히 둘로 남는다〉. 아티스트는 이루마. 나는 길고 어딘지 슬픈 제목을 가만히 중얼거려본다. 추억과 함께, 영원히, 둘로 남는다…….

PLAY 1:21

그녀의 마음을 헤아려본다. 날 만나자고 한 것은 무슨 의미일까. 아마도 그건 그녀의 마음이 어느 한쪽으로 정해졌다는 뜻일 것이다. 나는 그녀가 예스,라고 말할 경우와 노, 라고 말할 경우 모두를 생각해본다. 그리고 노,라고 말한다면 어떻게 대꾸해야 할지를 궁리한다. 그녀의 잘못은 없다. 이별이 그렇듯 사랑 역시 이기적인 두 욕구 사이의 충돌이니까. 내가 좋아한다고 해서 그녀도 나를 좋아해야 할 이유는 없다. 내가 좋아하지 않는다고 해서 그녀도 나에게 관심 두지 않아야 할 이유가 없는 것처럼. 모든 것은 대상과 그 대상에 대한 타이밍이 결정한다.

PLAY 2:11

열차가 덜컹거린다. 반대편에 앉은 각양각색의 얼굴들 사이로 어둠 속에 비친 내 얼굴이 건너다보인다. 피곤하고 지친 듯한 얼굴. 나는 '미국시' 시간에 언젠가 읽은 적이 있는 에즈라 파운드의 짧은 시를 떠올린다.

The apparition of these faces in the crowd;
Petals on a wet, black bough.

인파 속에서 유령처럼 나타나는 얼굴들
까맣게 젖은, 나뭇가지 위의 꽃잎들

미국 태생인 그가 파리의 어느 지하철역에서 썼다는 그 시*의 의미를, 나는 한국을 떠난 지 한참이 지나서야 뉴욕의 노란색 Q라인 안에서 깨닫는다. 검고 조용한 창에 비친 얼굴은 정말로 까맣게 젖은 나뭇가지 위의 꽃잎을 닮았다. 모든 것의 의미는 그것으로부터 멀어지고 난 후에야 밝혀진다. 더 이상 돌아갈 수 없는 지점에 이르렀을 때 비로소 깨닫게 되는 과거의 비밀처럼.

PLAY 2:50

앉아 있는 줄의 맨 끝 쪽 사내가 커다란 가방을 들고 일어선다. 오십대쯤 되었을까? 걸음을 비틀거리는 것이 취한 듯하다. 잠시 그를 바라보다가 아직 술을 마실 시간은 아닌데,라고 생각하고 고개를 돌린다. 이글거리듯 붉게 충혈된 사내의 두 눈이 마음에 남는다.

• 에즈라 파운드의 시 「지하철역에서In a Station of the Metro」.

PLAY 3:01

갑자기 무릎 위로 물 같은 것이 뿌려진다. 액체가 튄 방향을 바라보니 아까 일어났던 그 사내다. 가방에서 꺼낸 검은 통을 들고 무언가를 뿌려대고 있다. 이게 뭐지? 머릿속에서 순간적으로 어린 시절의 몇몇 장면이 오래된 필름처럼 스쳐 지나간다. 아무렇게나 개봉된 조립식 상자, 에나멜, 붓 그리고 미제 땅콩 케이스 안에 담아두었던 냄새나는 물……. 그래, 이건 그 물이다. 곧 그 물의 진짜 이름이 떠오른다. 시너.

PLAY 3:17

어떻게 해볼 사이도 없이 안경 위로 다시 한번 액체가 뿌려진다. 이번엔 흠뻑 젖었다는 느낌이 들 정도로 많은 양이다. 생각을 해보려 하지만 아무런 생각도 나지 않는다. 뭘 해야 하지? 아니, 뭘 할 수 있지? 그러는 사이 사내 쪽으로부터 휘익, 하는 소리와 함께 샛노란 불이 독사처럼 달려든다. 푸르스름하기도 하고 붉기도 하고 차갑기도 하고 뜨겁기도 한 불꽃이 뱀의 갈라진 혀처럼 순식간에 내 몸을 휘덮는다. 눈에 보이는 것은 사람들의 일그러진 표정과 시끄러운 비명뿐이다. 지하철은 순식간에 아수라장이 된다. 나는 들고 있던 아이폰을 바라본다. 이 아수라장에서 침착함을 유지하고 있는 것은 이 작고 연약한 기계뿐이다. 3분 24초. 3분 25초. 3분 26초. 나는 유니언 스퀘어 어딘가에서 나를 기다리고 있을 그녀를 생각한다. 그녀에게 이 사실을 알려야 할까? 아니, 알릴 수 있을까? 이런 경우에는 대체 몇 분이나 늦는다고 말해야 하는 걸까? 그녀는 내 말을 믿어줄까? 결국 난 그녀의 대답을 들을 수 없는 걸까?

빠져나갈 생각도, 사랑한다는 문자도 할 수 없는 나는 그저 지금 바랄 수 있는 최선의 것을 바랄 수밖에 없다. 아직 끝나지 않은 멜로디를 들으며, 나는 마음속으로, 아니 소리 내어 이렇게 크게 외친다. 7초만 더. 제발, 7초만 더.•

• 〈추억과 함께 영원히 둘로 남는다〉의 플레잉 타임은 3분 33초.

굿 나잇, 웨스트엔드

비가 퍼붓다 그친 차이나타운 거리로 다시 나왔을 때, 우리 중 반 정도는 엉망으로 취해 있었다. 중국집에서 고량주를 제법 마시기도 했거니와 모인 시간에 비해 너무 빨리 마신 탓도 있었다. 고백하자면 나 역시 그중 하나였다. 음식이 입으로 들어가는지 코로 들어가는지 지금 와서 기억나는 것은 오직 목을 알싸하게 그으며 내려가는 술기운뿐이니까.

어쨌든 빗물인지 구정물인지 모를 검은 물이 찰랑거리는 그 거리에서, 누군가 2차는 코리아타운으로!라고 외쳤고 몇몇 목소리가 동조했다. 당연한 수순이었다. 32가에 있는 일명 K타운은 이 시간쯤이면 맨해튼 각지에서 1차를 마치고 2차를 하기 위해 몰려온 한인들로 북적이는 것이 보통이었다. 하나둘 택시를 잡아 거기서 봐!라며 헤어지기 시작했고 나 또한 마지막까지 남은 무리 틈에서 택시를 기다리고 있었다.

불현듯 라리사를 떠올린 것은, 마지막 옐로 캡이 도착한 순간이었다.

라리사. 덴마크에서 온 금발의 여자. 어학원 종강 파티랍시고 클래스의 반 이상을 차지했던 한인끼리 모여 이렇게 술을 퍼마시고 있으면서도 사실 마음은 계속 딴 곳에 가 있었다. 할리우드 영화에 나오는 배우들처럼 전형적인 금발 미녀는 아니었지만 환한 미소와 친절한 말씨로 내게 말을 걸어주던 그녀. 몸을 조금씩 움직이거나 자리를 고쳐 앉을 때마다 그녀에게선 맨해튼의 악취도 어쩔 수 없는 향긋한 냄새가 났다. 어느 순간부터 그녀를 만나는 것이 수업에 나가는 이유가 되어버렸다. 마침내 오늘 마지막 수업을 마치며 한마디씩 감회를 이야기하는 시간, 나는 틀에 박힌

소감 대신 이 한마디를 말하고 싶었다. I think I love you, Larissa.

그러나 어찌 그럴 수 있었겠는가. 나는 선생님이 잘 가르쳐주시고 좋은 친구들을 만나 행복했다는, 차라리 말하지 않는 것만 못한 소리를 늘어놓고 얼굴이 빨개져 고개를 푹 숙였다. 그리고 교실을 빠져나가는 라리사의 뒷모습만 황망히 바라보다 친구들 손에 이끌려 여기까지 오고 만 것이다. 평소와 달리 술을 과하게 마신 것은 어쩌면 그 때문인지도 몰랐다.

낡은 야구 모자를 눌러쓴 택시 기사가 마지막으로 남은 네 명 앞에 멈추어 섰을 때, 나는 잽싸게 앞자리에 올라타면서 친구들을 향해 미안해!라고 외쳤다. 손가락으로 앞을 가리키며 얼른 출발하라고 재촉하자 기사는 인상을 한 번 찌푸리더니 거칠게 가속페달을 밟았다. 백미러로 멀어져가는 소리 지르는 녀석들이 눈에 들어왔다. 이상하게 통쾌한 기분이 들었다.

"웨스트엔드, 원 오 세컨드 스트리트."

가방에서 주섬주섬 종이를 꺼내 주소를 읽어주자 기사는 대답하기도 귀찮다는 듯 고개를 끄덕였다. 학기초에 나눠 가진 주소록을 지금까지 갖고 있는 사람은 아마 나뿐일 것이었다. 침묵을 지키던 기사는 다운타운을 빠져나갈 무렵 걸려온 한 통의 전화와 함께 입을 열더니 그때부터는 알 수 없는 언어로 쉴 새 없이 수다를 떨기 시작했다. 본업은 택시 기사가 아니라 통신판매원 같은 것이 아닐까 생각될 정도였다.

첼시 마켓을 지나 미드타운에 들어서자 차가 속력을 냈다. 한쪽 손에 전화기를 붙들고 운전하는 폼이 영 못 미더웠지만 그걸 걱정할 때가 아니었다. 혼미한 정신 속에서 나는 라리사에게 할 말을 생각해내야 했다. 뜬금없이 이 밤중에 왜 찾아왔다고 해야 하지? 첫인사는? 좋아했다는, 아니 좋아한다는 말도 해야 할까? 사랑한다고 해야 하나? 그다음엔 어떻게 하지? 두서없는 생각들이 창밖으로 휙휙 지나가는 불빛들처럼 머릿속에서 흩날렸다. 더군다나 이 모든 것을 영어로 말해야 한다니. 그간 학원에서 배운 게 뭔가 싶어 허탈했다.

 스트리트를 하나씩 지날 때마다 내 마음은 카운트다운이 시작된 로켓처럼 타들어갔다. 몽롱했던 정신은 긴장감 때문인지 조금씩 선명해지고 있었다. 나는 수업 시간보다 더 열심히 머릿속으로 문장을 만들어냈다. 떨어지면 불구덩이에 빠지는 시험을 보기 직전인 사람처럼 필사적이었다. 그러는 사이 택시는 70가, 80가, 90가를 차례로 지나 어느 순간 멈추고 말았다. 나는 채 다 만들어지지 않은 영어 문장들을 중얼거리며 주머니에 있던 마지막 20불짜리 지폐를 통화 중인 기사에게 건넸다.

 마침내 택시에서 내려 찬 기운을 확 들이마시는 순간, 나는 술이 완전히 깨버렸다는 사실을 깨달았다. 멍하니 서서 그녀가 살고 있다는 건물을 올려다보니 대부분의 창엔 불이 꺼져 있었다. 저 중 그녀의 창은 뭘까. 밖에서 아직 돌아오지 않은 걸까, 아니면 벌써 자고 있는 걸까. 그러는 사이 아까 애써 생각해낸 문장 속 단어들이 길 잃은 새끼 고양이들처럼 머릿속을 마구 헤집고 돌아다녔다. 나는 건물 입

구를 향해 한 걸음 다가갔다가, 두 걸음 물러서기를 서너
번쯤 반복했다.

휴대폰을 손에 쥔 채 애꿎은 시간만 확인하다 끝내 나는
통화 버튼을 눌러 그녀에게 전화를 거는 대신 문자를 쓰기
시작했다. 하고픈 말은 많았지만 쓰고 지우고를 반복하다
결국 그녀에게 보낸 문자는 단 두 단어였다. Good Night.
휴대폰을 끄고 지갑을 뒤져보니 들어 있는 것은 1불짜리
지폐 두 장. 지하철도 버스도 탈 수 없는 지폐 두 장을 다시
지갑에 구겨 넣고 나는 뒤돌아 저 멀리 코리아타운을 향해
걷기 시작했다. 헤어진 친구들이 거기 오래오래 머물러 있
기를 바라면서.

싱글 허니문

    케이블카가 움직이기 시작한다. 같이 탄 관광객 몇몇이 카메라를 꺼내 유리창 바깥 풍경을 찍는다. 서서히 고도가 높아지자 설산 너머 멀리 바다가 보인다. 아래를 내려다보니 까만 깨 같은 것들이 앙상한 나무들 사이에 흩뿌려져 있다. 그중 하나가 움직이자 깨들이 일제히 날아오른다. 까마귀 떼다.

    정상에 도착하는 데는 5분이 채 걸리지 않는다. 아직 해가 지지 않아서인지 전망대엔 생각보다 사람이 적다. 다른 이들이 화장실이며 기념품 가게, 카페를 들락거리는 사이 계단을 찾아 꼭대기로 올라간다. 유리문을 열고 나서자 실외에 설치된 진짜 전망대가 등장한다.

결국 왔네.

나도 모르게 혼잣말을 중얼거린다. 눈앞에 하코다테 시
내와 바다가 펼쳐진 그곳에서 나는 지켜지지 못한 어떤 약
속에 대해 생각한다.

어디에 꼭 가야 한다는 말을 입버릇처럼 하던 여자였다.
들어보지도 못한 세계 각국의 지명을 대며 여기는 이래서
저기는 저래서 가야 한다고 하던 여자. 하코다테라는 이름
을 처음 불러본 것도 그녀 때문이었다. 난 유럽 여행할 때
나폴리에 가봤고, 자긴 홍콩에 가봤으니까 이제 하코다테
는 꼭 같이 가야 해. 그녀가 말했을 때 나는 퉁명스럽게 답
했다. 거긴 또 왜. 그녀는 눈을 동그랗게 떴다. 어머, 세계
3대 야경 몰라?

결혼을 앞두고 그녀는 바빠졌다. 나는 결혼식 준비며 신
혼집 가구 같은 현실적인 문제에 더 신경을 써주기를 원했
지만, 그녀는 온통 신혼여행 생각뿐이었다. 하코다테를 종

착지로 하는 홋카이도 여행 계획을 짜느라 그녀는 머리가 터질 것 같다고 했다. 한 달씩 가 있는 것도 아니고, 겨우 일주일인데 그냥 편하게 가면 안 돼? 내가 물을 때마다 그녀는 대답 대신 여행 스케줄이 빼곡히 적힌 노트를 보여주었다. 우리의 일정은 거의 분 단위로 짜여 있었다.

그녀의 어머니에게서 전화가 걸려온 건 결혼식 3주 전이었다. 퇴사하는 여성 직원이 있어 모인 부서 회식 중간이었다. 고깃집의 소음 때문에 처음에는 무슨 말인지 알아들을 수가 없었다. 구두를 구겨 신고 음식점 바깥으로 나온 뒤에야 나는 흐느낌 사이로 간간이 들려오는 수화기 건너편의 목소리를 가까스로 해독할 수 있었다.

불쌍해서 어떡하니, 우리 수연이.

병원에 도착했을 때 예비 장인 장모는 나를 보고 울음을 터뜨렸다. 몸이 좋지 않아 오후 반차를 내고 집에서 쉬고 있던 그녀는 그날 밤 목이 마르다며 부엌으로 나오다가 쓰러졌다. 그리고 병원으로 이송되는 도중 사망했다. 한 사람의 인생이라기엔 지나치게 급작스러운 마지막이었다. 병원에서 만난 의사는 1만 명 중의 하나로 발병할 수 있는 현상이라고 말했다. 장례를 치르는 내내 그 말이 귓가에 맴돌았다. 그리고 마침내 나는 내가 1만 분의 1이라는 확률을 한 번도 제대로 이해한 적이 없다는 사실을 깨달았다. 그것은 0.01퍼센트를 의미하는 것이 아니라 1만 명 중 누군가와 그 가족은 날벼락 같은 비극을 경험해야 한다는 뜻이었다.

한동안 신을 저주했다. 독실한 기독교도였던 장인과 장모는 그녀의 죽음에서조차 어떤 의미를 발견하려 애썼다. 모든 일은 신의 뜻이기에 고통에는 분명한 이유가 있다는 게 그들의 논리였다. 나는 그런 그들의 노력이 애처로우면서도 구역질 났다. 그녀의 갑작스러운 죽음에 의미 따윈 없었다. 나는 남겨진 채 무의미와 싸워야 했는데 그건 인간으로서는 도저히 승산 없는 싸움이었다. 그리고 동시에 현실적으로 남아 있는 것들과도 싸워야 했다. 이를테면 예식장 취소나 청첩장 처리 같은 일들. 벌여놓은 온갖 구매와 예약과 예정 들의 틈바구니에서 나는 가까스로 미치지 않고 그것들을 하나하나 없애나갔다.

모르는 번호로 전화가 걸려온 건 그즈음이었다. 전화를
받자 수화기 너머 목소리는 대뜸 역정을 내며 연락이 좀처
럼 되지 않아 비상용으로 적힌 신랑님 번호로 전화한 거라
고 말했다. 최대한 빨리 잔금을 치러야 예정대로 여행을 떠
날 수 있다는 말은 거의 협박처럼 들렸다. 그제야 나는 그
녀가 도맡아 준비했던 신혼여행을 까맣게 잊고 있었다는
사실을 깨달았다. 나는 여행을 취소하는 대신 잔금을 보내
고 비행기 티켓과 여행 정보를 부탁했다. 그리고 열흘 뒤
결혼식 없는 신혼여행을 떠났다.

하코다테에 도착한 뒤 나는 줄곧 호텔에만 머물렀다. 막
상 오니 괜히 왔다는 생각뿐이었다. 호텔방에는 와인과 과
일이 준비되어 있었고 침대에 꽃잎으로 하트 모양이 그려
져 있었다. 그런 방에서 그녀를 떠올리지 않기란 불가능했
다. 우리의 신혼여행은 영원히 빈칸으로 남겨두어야 했다
고 나는 뒤늦게 자책했다. 방 안에서는 변덕스러운 하코다
테의 날씨가 유일한 구경거리였다.

밖으로 나올 생각이 든 건 마지막 날이 되어서였다. 저녁

비행기를 타기 위해 호텔방에서 체크아웃을 하고 나자 정말로 할 일이 없어졌다. 프런트 직원은 환하게 웃으며 물었다. 여행은 즐거우셨나요? 짐은 얼마든지 맡기셔도 좋으니 어디든 보고 오라는 말도 덧붙였다. 그때 그녀가 말한 전망대가 떠올랐다. 한낮의 전망대라면 붐비지 않을 거란 생각도 들었다. 나는 내키지 않는 발걸음을 억지로 움직여 전망대로 향했다. 그리고 마침내 여기에 섰다.

주머니에는 호텔방에서 그녀에게 쓴 편지가 들어 있었다. 아직은 아무도 없는 하코다테산 정상에서 나는 편지를 꺼내 소리 내어 읽을까 하다가 그만두었다. 청승맞게 눈물이라도 흘리다가 누군가 올라오면 큰일이었다. 대신 나는 편지를 눈으로 한 번 훑어보고 그걸로 종이비행기를 접었다. 그게 내가 생각해낼 수 있는 가장 낭만적인 이별이었다. 그런 걸 좋아하는 사람이었으니까. 나는 늘 그만큼 해주지 못하는 사람이었으니까. 왜 그렇게 갑자기 떠났냐는 질문은 이제 비행기와 함께 그만 묻기로 했다. 이게 내 손

을 떠나는 순간 너와도 영원히 안녕이야. 그러고는 조심스
레 종이비행기를 아래로 날렸다.

산 아래로 곤두박질칠 것처럼 낙하하던 비행기는 바람
을 한 번 타더니 고개를 들어 위로 솟아올랐다. 그리고 천
천히 완만한 곡선을 그리며 내게서 멀어져갔다. 거짓말처
럼 한 떼의 까마귀들이 나타난 것은 그때였다. 아까 올라오
면서 보았던 검은 깨들. 그들 중 하나가 잽싸게 종이비행기
를 낚아채더니 저 아래로 쏜살같이 사라졌다. 나는 까마귀
떼가 작은 점이 되어 사라질 때까지 한참을 그 자리에 얼
어붙은 듯 서 있었다. 비행기 시간이 다가오고 있었지만 아
무래도 괜찮다고 생각했다. 나는 영원히 돌아가지 않아도
좋은 사람처럼 그대로 서서 밤이 오기를 기다렸다.

핏자국

남자가 카페 문을 연다.

여자는 이미 자리를 잡고 앉아 있다. 그녀는 창밖을 바라
보고 있는데, 무관심한 척하고는 있지만 유리에 비친 그의
모습을 주시하고 있다는 것을 남자는 안다. 그 역시 여자
가 앉아 있는 곳을 알고 있지만 카페 안을 여러 번 둘러보
다가 어느 순간 우연히 그녀를 발견했다는 듯 천천히 가서
그녀 앞에 앉는다. 테이블 위에는 한참 전에 식은 아메리카
노와 아무도 먹지 않은 바스크 치즈케이크가 놓여 있다.

"오래 기다렸어?"

여자는 반갑지만 웃지 않는다. 대신,

"지금 몇 시야? 사람 말이 말 같지 않아?"

쏘아붙인다.

남자는,

"미안."

짧게만 답한다. 그러고는 둘 사이에 긴 침묵이 흐른다.

"안 되겠다."

침묵을 깬 것은 여자다. 그녀의 표정에는 어떤 결연함이
깃들어 있다.

"우리, 여기까지만 하자."

"뭐?"

"그만두자고. 사람 말 못 알아들어? 헤어지잔 말야."

남자는 여자를 쳐다본다. 전체적으로 무심해 보이지만
자세히 살피면 희미한 분노가 엿보이는 눈빛이다. 그는 들
릴락 말락 하게 한숨을 한 번 쉬고, 옆으로 메고 있던 가방
속에서 상자 하나를 꺼내 탁자 위에 놓는다.

"네 소원대로 해준다. 진짜 끝이야, 이번엔."

남자는 자신의 자리에 마지막 한마디를 대신 앉혀놓고, 일어나 카페를 빠져나간다. 여자는 남자가 들어왔을 때와 마찬가지로 창밖을, 아니 유리에 비친 남자의 마지막 뒷모습을 좇는다. 눈에 뭐가 들어갔는지 자꾸만 눈을 깜박거린다.

한참 후에 여자는 상자를 연다. 상자 안에는 이제껏 그녀가 그에게 선물했던 물건들이 담겨 있다. 편지와 사진, 엽서, 립밤, 면도기, 에어팟, 가죽 벨트, 만년필, 향수, 지갑, 캐시미어 장갑, 시계……. 그중엔 선물한 기억조차 희미한 물건도 있다. 그녀는 면도기를 꺼내 면도날을 분리하려 애쓴다. 딸깍, 소리와 함께 면도날은 금세 떨어져 나오지만 하나로 묶인 5중 면도날은 좀처럼 낱개로 분리되지 않는다. 플라스틱 프레임 속 칼날 사이로 손톱을 깊이 넣다가 손끝에서 피가 살짝 새어 나오자 그녀는 인상을 쓰며 얼른 손가락을 뺀다. 잠시 생각에 잠겨 있던 그녀는 치즈케이크 옆에 있던 포크를 집어 들어 면도날과 플라스틱 틈을 억지로 비튼다. 그러자 작게 딱, 소리가 나면서 면도날 하나가

테이블 위로 떨어진다. 그녀는 천천히, 인내심을 가지고 남은 면도날을 분리한다. 마침내 모인 다섯 개의 칼날을 왼손에 가지런히 쥐고, 여자는 다시 창밖을 바라본다. 진짜 끝이야, 이번엔. 남자의 말을 떠올린다. 그러고는 오른 손목 위를 힘차게 내리긋는다.

핏자국을 본다.

테이블 위로 쓰러진 그녀는 실려 가고 놀란 종업원은 서둘러 그곳을 닦았지만 그 와중에도 끝내 저 조그만 핏자국만큼은 지워지지 않고 살아남는다. 그녀는 살았을까, 죽었을까. 남자는 이 사실을 알고 있을까. 그들은 왜 헤어졌을까. 아니, 아니, 그런 그들이 있기는 했을까. 지금 내가 앉은 테이블 끝에 묻어 있는 핏자국이 혹시 그래서 생긴 것은 아닐까 상상해본다. 이야기를 만들어낸다는 것은 알 수 없는 핏자국을 바로 그 핏자국으로 만드는 일. 노트북을 덮으며 나는 스타벅스 로고가 선명한 티슈로 핏자국을 닦아낸다. 누군가 유리창에 비친 카페 문을 열고 들어온다.

나는 숨을 죽인다.

얼음과 달

"그래서 그다음은요?"

그녀는 들고 있던 잔을 내려놓으며 물었다. 방금 나는 15분 전에 처음 만난 여자에게 싱글 몰트 위스키를 한 잔 얻어먹고, 대신 최근 20년간 미국에서 가장 유행했다는 도시 괴담 중 하나를 내 멋대로 각색해서 들려준 참이었다. 그 유명한 '신장 도둑' 이야기.

"글쎄요, 거기까진 알 수 없군요. 내 친구의 친구 이야기니까. 아무래도."

거짓말. 나는 이걸 책에서 읽었다. 무슨 형제 심리학자가 쓴 책. 하긴 그 정도면 친구의 친구 이야기나 다름없다.

사실 그건 우리가 출처를 확인할 수 없거나 거짓말을 하고 싶을 때 쓰는 표현 아닌가?

이야기는 이런 식으로 구성된다. 내 '친구의 친구'가 제주도(어디여도 좋다)로 출장을 갔다가 중요한 미팅을 마치고 비행기 시간이 남자 근처 술집에 들어간다. 바에 앉아 혼자 마시고 있는데 몹시 매력적인 이성이 다가와 술을 한 잔 산다는 이야기. '친구의 친구'는 우쭐해져서 기꺼이 그 술을 받아 마시고 그건 그가 다음 날 깨어나기 전까지 기억하는 마지막 장면이 된다.

"근데 눈을 뜨니까 자기가 처음 보는 호텔 욕조 안에 들어 있더라는 거예요. 이런 얼음이 가득 차 있는 욕조 말이에요."

나는 위스키잔에 아직 남아 있는 얼음을 흔들며 말을 이었다.

"욕조 옆에는 작은 협탁 위에 손 글씨로 쓴 쪽지와 낡은 2G 휴대폰 하나가 놓여 있었대요. '움직이지 말 것. 119에 즉시 전화.' 쪽지를 읽고 전화를 한 거죠. 폴더를 여는데 손이

막 벌벌 떨리더랍니다. 공짜 술, 끊긴 필름, 욕조, 얼음……. 두서없이 자기 상황을 막 설명하고 있는데, 119 구급대원이 먼저 이렇게 말해요. '선생님, 혹시 등 뒤에 뭐가 만져지시나요? 튜브 같은 거?'"

"튜브?"

"네, 튜브요. 그 친구는 손을 뒤로 뻗어서 등 뒤를 더듬다가 정말로 튜브가 만져진다는 사실에 경악하죠. '대체 그걸 어떻게 알고 있는 겁니까?' 그 말에 구급대원은 무서우리만큼 담담하게 얘기해요. '선생님은 어제 신장을 도둑맞으신 거예요. 몇 달 전부터 제주도를 중심으로 장기 절도 조직이 기승을 부리고 있거든요. 요즘은 아침마다 이런 전화를 받는다니까요. 응급요원을 보내드릴 테니 절대 움직이지 마세요. 선생님 배는 지금 열려 있습니다.'"

흥미롭다는 표정으로 듣고 있던 여자는 잔을 내려놓으며 그다음은 어떻게 되는 거냐고 물었고 나는 친구의 친구 이야기라 잘 모르겠다고 답했다. 아주 솔직한 대답은 아니었지만.

"그쪽은 적어도 장기 절도 조직에 속한 분은 아닌가 보네요. 내 정신이 아직 멀쩡한 걸 보면."

나는 술잔을 쥔 손으로 그녀를 가리키며 말했다. 그녀는 희미하게 웃더니 남은 술을 털어 넣고 소리 나지 않게 잔을 내려놓았다.

"이번에는 저 한 잔 사주실래요?"

나는 휴대폰을 살짝 들어 시간을 확인했다. 아직 자정도 되기 전이었다. 때마침 아내에게 전화가 걸려와서 나는 황급히 수신 거부 버튼을 누른 다음 손을 들어 메뉴판 제일 위에 있는 싱글 몰트 두 잔을 주문했다. 코가 오뚝한 바텐더가 능숙하게 칼로 얼음을 깎아내더니 그 위로 위스키를 붓기 시작했다.

"친구분처럼 무서운 경험은 아니지만……."

"친구의 친구."

"그래요." 여자는 웃으며 덧붙였다. "저는 매일 똑같은 꿈을 꿔요."

"배가 열린 얘기보단 낫군요."

"아뇨, 어쩌면 이편이 더 나쁠지도 몰라요. 내용이 아주 흉측하거든요. 사람이 사람을 잡아먹는 꿈이에요."

"길몽 아니에요? 재산이 불고 큰 이득을 보는 뭐 그런 거?"

"그러면 좋겠는데, 그렇다기엔 너무 선명해요. 항상 아주 떠들썩하고 행복한 장면에서 시작하거든요. 음식점일 때도 있고, 백화점일 때도 있고, 유람선이거나 전원주택이 거나 지금처럼 술집일 때도 있어요. 사람들은 하나같이 즐겁고 분위기는 화기애애하죠. 그러다 신호처럼 누군가 기침을 하고, 그 사람부터 이상한 행동을 시작해요. 옆 사람 팔을 물어뜯고 스테이크를 썰던 칼로 다른 사람을 찌르고, 포크가 허벅지에 꽂히고, 그러다 다른 테이블에서 또 누군가 기침을 하고…… 금방 아수라장이 되죠. 저는 서둘러 빠져나오려고 하지만 꼭 괴물이 된 한두 사람과 마주쳐요. 얼굴은 매번 바뀌는데 눈은 항상 똑같죠. 온통 빨갛거든요."

"그래서 죽나요?"

"아뇨, 항상 살아남아요. 괴물을 밀쳐내고 나오기도 하고, 괴물이 다른 괴물과 뒤엉키기도 하고, 어떤 때는 저도 칼이나 젓가락으로 그 눈을 찌르고 나오죠. 닫힌 문을 열고 나오면 붉은 달이 떠 있어요. 단 한 번의 예외도 없이, 만월이에요."

"죽지 않는 건 다행이네요."

"그래서 일어나면 항상 온몸이 땀으로 흠뻑 젖어 있어요. 어떤 날은 그냥 포기하고 죽고 싶을 정도예요. 하지만 막상 그 꿈으로 다시 들어가면 필사적으로 살아남게 돼요."

"삶에 대한 의지가 강하신가 봐요. 꿈은 우리 무의식을 비추는 거울이라잖아요."

"정말 꿈이었으면 좋겠어요."

그녀는 한동안 말없이 앉아 있었다. 그 와중에 아내에게선 전화가 계속 걸려와 결국 비행기모드를 켜야 했다. 딸아이를 벌써 재운 건가. 나는 무슨 말을 시켜야 오늘 밤 그녀와 더 오래 같이 있을 수 있을까 고민했다. 머릿속에서 그녀와 나는 벌써 달빛 아래 사랑을 나누고 있었다.

"또 봬요. 그럴 수 있으면."

머뭇거리는 사이 일어난 그녀는 붙잡을 새도 없이 바를 빠져나갔다. 나는 조금 허망해져서 바텐더와 의미 없는 몇 마디를 나누다가("자주 오는 손님인가요?" "아뇨, 오늘 처음 오셨어요") 현금을 올려놓고 술집을 나왔다. 누군가 얕게 기침하는 소리가 분듬으로 따라 나왔다.

을지로의 밤공기는 조금 쌀쌀했다. 일기예보를 곧이곧대로 믿으면 이렇게 밤늦게 후회할 일이 생긴다니까. 재킷 단추를 다 채우고 큰길로 걸어 나가는데 저쪽에서 취한 것 같은 사내 셋이 어깨동무를 하고 비틀거렸다. 사내들이 지나간 자리엔 긴 줄처럼 흔적이 남았다. 침인가? 설마 오줌? 가로등 불빛 아래 어렴풋이 검붉은 빛이 비쳤다. 그때 누군가 비명을 질러 돌아보니 술집 바텐더였다. 그의 오뚝한 코가 있던 자리에 검은 구멍이 생겼다는 것을 알아챈 순간 나는 미친 듯이 달리기 시작했다. 그러나 곧 휴대폰을 꺼내 아내에게 전화를 걸려다 넘어졌고 그러자 앞서가던 사내 중 양쪽 두 명이 가운데 남자를 내팽개치고 뒤돌아 다가왔다. 그들이 나에게 다시 어깨동무하고 있을 때 코가 사라진 바텐더는 얼음 깎던 칼로 내 배를 갈랐다. 얼음처럼 찬 공기가 내장 사이로 들어와 박혔다. 그제야 나는 빌딩 사이에 걸린 붉은 달 아래 희미하게 멀어져가는 여자의 뒷모습을 발견했다. 만월이었다.

당신이 준

언제부턴가 여행이 귀찮아지기 시작했다. 얼마 전 아내가 아이와 함께 떠나는 여행을 계획했을 때도 마찬가지였다. 우리 형편에 꼭 지금 여행을 가야겠어? 시비 걸듯 몇 번이나 물었지만 아내의 의지는 확고했다. 가장으로서 그 의지를 꺾어가면서까지 가정의 평화를 깰 수는 없는 노릇이었다.

우리의 목적지가 일본, 그것도 홋카이도의 오타루라는 사실을 알게 된 건 아내가 일러준 여행사에 돈을 부치기 위해 전화를 걸었을 때였다. 생각보다 비싼 금액에 몇 번이나 숫자를 되물었더니 직원은 약간 짜증을 냈다. 이미 사모

님과 얘기 다 끝난 건데요. 전화를 끊은 뒤 괜히 부아가 치밀었다. 내 돈 내고 가는 여행인데 나만 소외된 것 같은 이상한 기분이었다. 오르골 생각이 난 건 아내가 아이와 집을 비워 모처럼 평화롭던 어느 토요일 오후였다. 거실 소파 앞 탁자에 아내가 사다 놓은 여행책을 뒤적거리다 오타루에 있다는 '오르골당'을 보게 되었는데 거기 많이 봤던 물건이 있었다. 몇 년 전 내가 받았던 선물의 이름이 오르골이라는 걸 나는 그때야 알았다. 책을 내팽개쳐놓고 안방이며 베란다며 창고를 한참 뒤진 끝에 마침내 먼지가 잔뜩 쌓인 그때 그 선물을 찾아냈다. 그녀가 준 오르골이었다.

규모가 크진 않았지만 일본계 기업인 탓에 우리 회사엔 늘 일본에서 파견 나온 직원들이 몇 있었다. 내가 속한 팀과는 평소 크게 상관없는 일이라 대수롭지 않게 생각했는데 3~4년 전쯤 우리 부서에도 일본 직원이 하나 오게 됐다. 아키코라고 자신을 소개한 이십대 후반의 여성은 외모가 도드라지지는 않았지만 싹싹하고 눈치 빠른 친구였다.

당시 대리였던 나는 부장 지시로 '아키코 상'의 한국 생활 멘토 역할을 맡게 되었고 속으로 투덜거리면서도 겉으로는 크게 티 내지 않고 그녀의 정착과 적응을 도왔다. 그녀는 한국어를, 나는 일본어를 못하는 까닭에 우리의 대화는 거의 단답형의 영어 단어들로 이뤄졌다. 이를테면 이런 식이었다. 런치? 오케이. 컨디션? 굿. 커피? 아메리카노. 거의 신입 사원이나 다름없었던 아키코 상은 회사에 나름대로 열심히 적응하려 노력했지만 중요한 일이 주어지거나 크게 존재감을 발휘할 만한 사건이 벌어지지는 않았다. 나 역시 반년 동안 그녀에게 해준 거라고는 이따금 커피나 회사 앞 호프집에서 맥주를 사준 것뿐이었다.

그런 그녀가 한국 근무를 마치고 일본으로 돌아가던 날, 아키코 상은 환송회를 해주는 직원들 앞에서 한참을 울었다. 고마워서 그런 기리기엔 너무 지나치게 울어서, 떠들기 좋아하는 몇몇 직원은 무슨 사연 있는 거 아니냐고 수군거리기까지 했다. 나름 멘토였던 나는 그녀의 회사 짐을 집까지 가져다주었는데, 그녀는 90도로 허리를 숙이며 연신 고

맙다고 말한 다음 잠깐만 기다리라고 했다. 그러고는 잠깐
보다 한참 후에 나와 내게 건넨 것이 바로 이 오르골이었
다. 오르골에 담긴 멜로디는 내가 모르는 노래였다. 영롱하
게 반짝거리는 듯한 소리는 좋았지만 무슨 노래인 줄 모르
니 답답하기도 했다. 아키코 상의 선물에 어떤 의미가 있을
거라고 생각하며 혼자 흐뭇해하던 밤도 있었다. 하지만 곧
오르골은 시간과 함께 잊혀갔다. 일단 잊히면 무엇이 담겨
있는지는 중요하지 않은 법이다.

　여행을 떠나며 나는 주머니 한쪽에 오르골을 챙겨 넣었
다. 그러자 마치 아주 은밀한 비밀이 생긴 것처럼 즐거워
졌다. 평소처럼 하는 일마다 잔소리하는 아내도, 아빠 말이
라곤 도무지 귀담아듣지 않는 딸내미도 짜증스럽거나 밉
지 않았다. 나에게는 오타루 오르골당을 찾아가 이 오르골
속에 담긴 노래의 정체를 밝혀내는 것이 이번 여행의 숨겨
진 목표였다. 어쩌면 아키코 상이 주고 간 마지막 메시지를
뒤늦게나마 해독할 수 있을지도 몰랐다. 메르헨 교차로 한

쪽에 있는 오르골당에 들어갔을 때 나는 설렘을 넘어 심한 흥분을 느꼈다.

아내와 딸이 보석함 모양의 오르골들을 유심히 살피고 있는 사이 계산대로 곧장 가로질러 주머니에서 오르골을 꺼냈다. 왓 송 이즈 디스? 앳된 얼굴의 직원은 내가 들려주는 오르골 소리에 귀를 기울였지만 곧 고개를 좌우로 흔들었다. 하긴, 여기 오면 노래 제목을 알 수 있다고 생각한 건 너무 순진한 생각이었다. 아키코 상이 준 선물에 의미 따위가 있을 리 없다. 내가 또 오버한 거였다.

돌려달라고 손을 내밀었을 때 직원은 고개를 갸웃거리며 오르골을 만지다가 뒤쪽 껍데기를 벗겨냈다. 그리고 유심히 들여다보더니 굉장한 것을 발견한 듯이 활짝 웃으며 나를 불렀다. 거기엔 도통 뜻을 알 수 없는 일본어가 적혀 있었다. 아마도 노래의 제목인 듯했다. 왓 이즈 디스? 왓츠 더 미닝? 그녀는 영어가 어려운지 몇 단어만을 반복해서 늘어놓았다. 내가 알아들은 건 세 가지뿐이었다. 유. 타임. 프레젠또.

호텔로 돌아오는 길, 오타루 운하가 석양으로 물들었다. 붉게 빛나며 흐르는 물결을 뒤로한 채 우리는 가족사진을 찍었다. 길을 걷다가 아내에게 물었다. 당신, 일본어 좀 공부 해본 적 있어? 아니. 아내는 고개를 좌우로 저었다. 갑자기 왜? 나는 그냥, 하고 얼버무리려다 말했다. 간판 같은 거 읽 어보고 싶어서. 아내는 지나가듯 덧붙였다. 요샌 휴대폰으 로 찍기만 해도 번역해주는 거 몰라? 하여간 느려요, 느려.

모두 잠든 밤. 나는 조심스럽게 일어나 인터넷이 되는 로 비로 나왔다. 그리고 아까 직원이 한 것처럼 오르골 뒷면을 열어 적혀 있는 일본어를 사진으로 찍었다. 검색이 끝나자 거짓말처럼 자동으로 번역이 이뤄졌다. '당신이 준 시간.' 나는 한참을 바라보다가 번역된 문장을 소리 내어 읽었다. 당신이 준 시간. 어쩐지 느낌이 나지 않아 더듬거리며 AI 가 읽어주는 일본어를 따라 해보았다. 키미기 쿠레타 지칸. 키미가 쿠레타 지칸. 키미가…… . 나는 아키코 상의 얼굴을 떠올리려 애썼다. 그러나 아무리 같은 문장을 반복해도 흐 릿한 그녀의 얼굴은 끝내 분명해지지 않았다.

추적

체이서Chaser

예고도 없이 비가 내리기 시작했다. 통합기상통제시스템이 또다시 말썽을 부리는 모양이었다. 나는 매캐한 냄새가 새어드는 창문을 닫고 모드를 자동으로 변환했다. 구형 호버 6가 속도를 늦추며 몇 번 출렁이더니 균형을 잡고 다시 날아오르기 시작했다. 목적지는 F구역 404섹터. 범죄다발구역, 일명 소돔이라 불리는 곳이었다.

"여어."

차에서 내려 사건 현장 가까이로 걸어가자 낯익은 얼굴이 나타났다. 경찰청의 프랭크였다.

"오셨나, 탐정 나리."

그는 체이서들을 탐정이라고 부르는 버릇이 있었다.

"어떻게 된 거야."

"이번에도 뭐, 그렇고 그런 얘기지."

"현장은?"

"안에 있어."

그를 지나쳐 건물 안으로 들어가려는 순간 프랭크가 내 팔을 꽉 붙잡았다.

"잠깐 얘기 좀 하자고. 급할 거 없잖아?"

녀석이 히죽거렸다.

"들어가서 보나 마나, 뻔해. 내가 요약해주지. 여자가 죽었어. 나이는 스물여섯. 인간인데, 암거래를 좀 했나 봐. 종이로 만든 책 같은 거 있잖아. 세균 잔뜩 번식하는 거. 그걸 몰래 모아놓고 팔았던 모양이더라고. 책방? 그런 단어 들어봤어? 일종의 은언데, 옛날 종이책 모아놓고 파는 곳을 말하는 거라더군. 사인은 질식사. 어젯밤에 누가 키스를 아주 숨 막히게 오래 해준 모양이야. 흐흐. 그 여잔 죽으면서도 좋았으려나? 왜 죽을 때 느끼는 기분이 오르가슴이랑 비슷하다잖아. 암튼 그게 다야. 귀찮게 직접 보고 자시고 할 것도 없어."

옆 골목으로 나를 끌고 들어간 녀석이 말했다. 나는 내용보다 그가 입을 열 때마다 누런 치아 사이로 튀어나오는 침방울이 옷에 닿는 짓이 신경 쓰였다.

"그래도 일단 봐야지."

"보고서라면 내가 수집한 로 데이터를 써. 그게 편하잖아 서로. 왜 일을 두 번 해? 번거롭게."

"원하는 게 뭐야."

"흐흐, 눈치는. 누구야?"

"누구냐니."

"의뢰인."

"말할 수 없단 거 알잖아."

"쉽게 말할 수 있는 거면 묻지도 않았지. 왜 이렇게 딱딱해 탐정 나리. 이게 다 먹고살자고 하는 짓 아냐?"

나는 대답 대신 프랭크의 두 눈을 쏘아보았다. 그의 녹슨 인조 눈이 지잉, 소리를 내며 바쁘게 초점을 맞추더니 곧 그가 히죽거리던 얼굴을 거뒀다.

"5 대 5."

"뭐가?"

"의뢰인을 말해주면, 수집한 증거들과 자료들을 모두 넘겨주지."

"그리고?"

"수임료를 나누자는 거야. 아마 계약서에 범인을 잡으면 주는 인센티브 옵션도 있겠지? 그것까지 해서, 5 대 5."

"내가 왜?"

"이봐, 지금 난 그 돈 전부를 요구할 수도 있지만 참는 거야."

"미쳤군."

"내 말 듣는 게 좋을걸."

"그렇게 돈벌이가 안 되면 너나 경찰 그만두시지. 병원에나 가봐."

나는 골목을 빠져나와 그의 침이 튀었던 옷소매를 털며

현장을 향해 걷기 시작했다. 멀리서 접근 금지용 무발광 레이저의 은은한 황색빛이 시야에 들어왔다. 뒤쪽에서 프랭크가 외치는 소리가 들렸다. 너, 반드시 후회하게 될 거야! 빗방울이 계속해서 떨어지고 있었다.

현장에는 증거 수집용 로봇들이 아직 그대로 남아 있었다. 로봇들은 현장과 경찰 차량을 오가며 청소기처럼 계속해서 증거물을 수집하는 중이었다. 증거들을 모두 넘겨준다더니 아직 다 수집하지도 않았잖아. 하마터면 속을 뻔한 거였다. 더러운 자식. 나는 빗방울인지 침방울인지 모를 물방울들을 깨끗이 털어내고 임시 출입구에 ID카드를 밀어넣었다. 액정에 내 얼굴이 나타나 한 바퀴를 돈 뒤 멈췄다. 생기가 없는 기분 나쁜 얼굴이었다. "동공을 인식시켜주십시오." 시키는 대로 화면 속 눈동자와 시선을 맞추자 동공 형태 검사가 진행되다가 곧 '일치'라는 메시지가 떴다. 레이저가 걷히고 나서 나는 건물 속으로 걸어 들어갔다.

현장은 25제곱미터 규모의 스튜디오였다. 독신 거주자

들을 위해 지어진 원룸 건물의 3층. 침대와 책상 하나, 책장과 화장대가 전부인 방은 평범했다. 프랭크의 말대로 피해자는 젊은 여성이었는데 창백한 피부의 여자는 침대 위에서 마치 잠든 것처럼 죽어 있었다. 샘플로 그녀의 머리카락 몇 가닥을 채취한 뒤 체액 탐지기에 투입하고 침대와 책상, 방 안 구석구석을 뒤졌다. 약간의 침과 땀, 콧물과 머리카락이 발견되었지만 모두 여자의 것이었다. 분명 어딘가에 정액이나 남자의 체액이 남아 있을 텐데. 아니면 다른 여자의 것이라도. 검사를 계속했지만 화장실에도, 싱크대에도, 침대 밑에도 다른 DNA의 흔적은 없었다. 치정에 의한 살인은 아닐 거라는 예감이 들었다.

"이 여자, 별명이 뭐였는지 알아?"

언제 들어왔는지 녀석이 현관문에 기대 말했다.

"그만해."

"에인절."

"뭐?"

"천사 말야, 에인절. A-N-G-E-L. 영어 몰라?"

"그럼 악마가 죽였겠군."

"흐흐, 악마라…… 그럴듯하군. 좀 유치하긴 하다만."

모른 척하고 나는 계속해서 이것저것 장비들을 바꿔가며 담을 수 있는 최대한의 증거를 확보해나갔다. 힐끗힐끗 볼 때마다 프랭크는 자신이 데려온 로봇들에게 이런저런 지시를 내리며 농시에 니를 유심히 관찰하는 듯했다.

"어이, 탐정 나리! 그럼 악마가 누군지 한번 잘 찾아보라고. 잘될지는 모르겠지만 말야."

잠시 후 로봇들과 함께 철수하며 프랭크가 또 히죽거렸다.

경찰 병력이 빠져나간 뒤 현장에는 접근 금지용 황색 레이저와 나만 남았다. 의뢰가 들어온 것은 오후 2시. 암호화된 익명의 전자 메시지로 나를 찾은 의뢰인은 자신을 Q라고만 밝혔다. 살인사건의 의뢰인들은 대개 신분 노출을 꺼리는 편이었으므로 이상할 것은 없었다. 그는 F구역에서 한 시간 전 발생한 살인사건에 대한 수사를 의뢰했다. 수임료는 총 3만 불. 착수 시 반액을 지불하고, 완료 시 잔액을 지불하며, 하루 이내에 해결했을 경우 보너스로 1만 불을 더 준다는 조건이었다. 썩 괜찮은 조건인 데다 마땅히 착수하고 있는 사건도 없었으므로 나는 당장 의뢰에 응했다. 게다가 앓고 있는 후천성감광망분리증후군[•]을 치료하려면 총 10만 불이라는 거금이 필요했다.

1만 불짜리 싸구려 인조 눈을 달고 싶지 않다면, 한 달 안에 수술하는 편이 좋을 거요.

오늘 낮, 마취 검사에서 깨어나자 안과의사는 거드름을 피우며 말했다. 나 같은 안드로이드들에겐 흔한 병이었다. 수술을 예약하고 병원을 나왔지만 통장엔 2만 불뿐이었다. 눈이 멀지 않으려면 시력이 조금이라도 남아 있을 때 돈을 벌어야 했다. 빨리 돈을 벌기 위해서는 이런 살인사건이 제

• Post-Constructive Photonet Detachment Syndrome, 시각 모듈의 감응 회로층이 기초 격자에서 이탈하는 희귀질환. 줄여서 흔히 PDS 혹은 Photo-D라고 부른다.

격이었다. 절도나 폭행, 단순 강도 같은 범죄들은 수임료도 많지 않을뿐더러 경찰 쪽을 이기고 선택되기도 쉽지 않았다. 그런 식으로 돈을 모으려면 한 달이 아니라 10년이 걸릴지도 몰랐다. 경찰의 부패와 무능력 때문에 범죄 수사가 민영화된 이 마당에도 대부분의 시민은 결정적인 순간에 경찰 쪽을 선택했다. 웃기는 일이었다. 그러니 프랭크 같은 놈들이 아직도 경찰 노릇을 하는 거겠지. 어떤 때는 내 수사 자료를 경찰이 훔쳐 가 이기는 경우도 있었고, 어떤 때는 수사에 들어간 활동비조차 건지기 어려울 때도 있었다. 범죄가 뜸한 기간에는 아예 경찰이나 체이서들이 돈을 찔러주고 범죄를 사주하는 경우마저 생겨났다. 모든 게 엉망진창이었다.

멍하니 화장대 앞 의자에 앉아 있던 나는 거울을 바라보았다. 제때 치료를 하지 않아 제멋대로 여기저기 파랗게 물든 얼룩덜룩한 피부가 눈에 들어왔다. 정확한 이유는 아무도 몰랐다. 다만 나는 이 모든 게 한 세기 전부터 부쩍 강해진 자외선 때문이라고 믿고 있을 뿐이었다. 피부 따위 아무

러면 어때. 피부가 퍼렇든 노랗든 일하는 데 지장을 주는 건 아니었다. 만약 그때 피부에까지 돈을 썼다면 아마 2만 불조차 모으지 못했을걸. 애써 스스로를 위로하며 고개를 돌리다 문득 화장품 사이에서 뭔가를 발견했다. 오렌지색 클렌징크림 밑에 깔린 네모. 작게 접힌 종이쪽지였다.

나의 천사에게
우리 늘 만나던 곳에서 만나. 헤븐 앤드 헬.
—당신의 C

덜떨어진 녀석. 프랭크는 분명 각종 로봇을 동원해 검사와 수집을 하느라 이런 아날로그적 증거를 놓친 모양이었다. 종이나 연필, 동물의 가죽, 나무로 된 물건 같은 단순하고 자연에서 유래한 증거들은 결코 기계로 수집할 수 없다. 로봇들만 사용하는 현장 조사의 허점이었다. 나는 재빨리 쪽지를 스캔한 다음 주머니에 넣고 현장을 빠져나왔다.

비가 아까보다 더 거세게 내렸다.

호버 6에 올라 검색 시스템에 연결했다. 헤븐 앤드 헬,이라는 검색어를 넣자 같은 상호를 지닌 상점들이 쭉 출력되었다. 음식점, 술집, 바, 사우나, 가라오케, 호텔……. 도무지 쓰일 것 같지 않은 이름을 다양한 업종에서 사용 중이었다. 나는 검색 방식을 바꾸어 현재 위치에서 가장 가까운 동일 상호를 검색했다. 그러자 F구역 401섹터의 바가 나타났다. 안드로이드 전용 바였다.

칠이 벗겨진 끈적한 나무문을 열고 들어서자 낮인데도 담배 연기가 자욱했다. 인테리어를 보니 21세기가 테마인 듯했다. 지금은 사라진 대륙들이 그려진 대형 세계지도와, 군데군데 찢어진 빨갛고 파란 네모난 천이 인상적이었다. 천 위에는 큰 글씨로 'God Fucked America'라는 말이 아치형으로 쓰여 있었는데 무슨 의미인지는 알 수 없었다. 곳곳에서 웃옷을 반쯤 풀어 헤친 손님들이 구식 담배를 피워대며 소란스럽게 떠들어댔고, 버니 걸 복장을 한 여자 안드로이드들이 맥주잔 가득한 쟁반을 들고 테이블 사이를 돌아

다니고 있었다. 바 쪽에 자리를 잡자 흰 수염의 바텐더가
말을 걸었다.

"뭐로 드려?"

"라가불린 16년, 니트."

"처음 보는 얼굴인데."

"그럴 테지. 처음이니까."

"무슨 일이요?"

"이런 바에 무슨 일이 있어 오는 건 아니지 않나."

"그런 말이 아니라는 거 알잖아."

"그럼 뭐요?"

"인간인가?"

"아니."

"증거를 대봐."

"검사라도 받으란 얘기야?"

나는 안주머니에서 탁, 소리가 나게 지갑을 꺼내 내려놓
았다. 지갑 표면의 액정에서 안드로이드 등록증이 선명하
게 출력되고 있었다. 바텐더는 지갑을 들어 유심히 살펴보

더니 그제야 주문한 위스키 쪽으로 다가갔다.

"미안하오. 대신 꽉 채웠소."

위스키잔을 내려놓으며 그가 말했다.

"별말씀을."

"요즘 안드로이드들을 노리는 인간이 너무 많아. 특히 소돔엔 말도 못 하지. 그 새끼들은 우리를 로봇과 다를 바 없다고 생각하는 경향이 있소."

"이런 델 인간들이 드나든다고?"

"보통 인간들은 아니지. 다 뭔가 원하는 게 있는 놈들이오. 플레저 토이를 찾는 변태들도 있고, 범죄 안드로이드를 쫓는 경찰들도 있고, 안드로이드 노예상들도 있고."

"그렇군."

"그중 제일 지독한 건 안드로이드 노예상이야. 그놈들은 대상을 가리지 않거든. 그저 안드로이드기만 하면 되는 거요. 그러니까 이 바에 있는 손님들 전부가 표적이 되는 거지. 아니, 나를 포함해서 모두. 당신까지 말이요. 장사가 안 된다니까."

바텐더가 나를 손가락으로 가리키며 말했다.

젠장, 노예상이라니. 나는 말없이 술잔을 들이켰다. 바닷바람과 타르 향이 나는 43도의 알코올이 식도 튜브를 타고 인공 위腑로 떨어지는 것이 느껴졌다. 이제 곧 위액이 반응하고, 간이 작동을 시작해 알코올 성분을 분해할 것이다. 인간과 다를 것은 없다. 있다면 뇌 근처에 작은 칩이 심겨 있다는 것뿐.

"잡아간다고 다 팔 수 있는 건 아닐 텐데."

내가 말하자 바텐더는 고개를 저었다.

"할 수 있소."

"어떻게?"

"수명이 다한 안드로이드의 칩을 이용하는 거지. 어차피 수명이란 인공장기의 유효기간 때문에 정해지는 거잖소. 장기는 많고 또 쉽게 구할 수 있으니까……. 마취를 하거나 술을 잔뜩 먹여놓고는 칩을 바꿔 끼우는 수법이라고 하더군."

"그게 가능하다고?"

"가능하니까 하는 거 아니겠소. 예전부터 얘기는 있었지. 안드로이드에 대해 잘 알고 있는 인간이라면 불가능한 건 아니니까…… 나타나기 시작한 건 요즘이지만. 그건 그렇고……."

내가 호기심을 보이자 바텐더가 내 쪽으로 바싹 다가서더니 물었다.

"당신, 체이서요?"

"그렇소."

"역시 그랬군."

"금방 알아보겠소?"

"눈썰미가 좀 있지, 내가. 체이서들에겐 안드로이드에게 흔치 않은 눈빛이 있다니까."

"PDS요."

"안된 일이로군. 하지만 슬퍼하진 마시오. 나도 곧 인조 눈을 써야 하는 신세니까."

"당신도?"

"안드로이드가 별수 있소. 다 그런 거지. 그래, 벌이는 짭짤한 거요? 경찰 업무마저 민영화를 시키다니……. 세상 돌아가는 꼴 좀 보라지. 대체 정부에서 주는 수당이 얼마요?"

"10만 불. 살인사건의 경우."

"오호, 대단해. 그래서 다들 그렇게 열심인 거로군. 아까도 와서 찾더니만."

"누가 왔었소?"

"경찰이라던가, 형사 나부랭이였지 아마."

"인조 눈?"

"그렇소. 하지만 경찰의 반은 인조 눈일걸."

바텐더가 어깨를 으쓱해 보였다. 나는 말없이 잔을 다 비우고 자리에서 일어났다.

"노예상들이나 좀 잡아주쇼. 손님이나 팍팍 좀 늘게."

팁으로 놓은 1불짜리 지폐 두 장을 받아 넣으며 바텐더가 말했다.

바를 빠져나와 잠시 머뭇거렸다. 인간인 피해자가 이 안드로이드 바와 상관있을 것으로 보이진 않았다. 인간의 출입을 경계하는 업소에 여자 인간이 드나들기란 쉽지 않았을 것이다. 아마도 쪽지 속 '헤븐 앤드 헬'은 여기가 아닌 다른 어딘가를 지칭하는 이름일 듯했다.

호버 6로 돌아가 다시 몇 개의 '헤븐 앤드 헬'을 검색했다. 검색 범위를 더 넓히니 이번에는 D구역에서 같은 이름의 호텔이 나왔다. 객실이 모두 천국과 지옥의 테마로 꾸며진 호텔이었다. 객실 소개 영상에서 'ANGEL'이라는 이름이 붙은 객실을 발견한 순간 감이 왔다. 호텔은 무언가를 거래하기에 알맞은 공간이다. 더군다나 그 거래의 대상이 불법적인 것이라면 더욱. 그녀의 별명이 천사였던 것은 어쩌면 이것 때문이 아니었을까?

"안녕하세요, 고객님. 크리스 안과입니다."

전화가 걸려온 것은 그때였다. 전면부 액정에 지도 대신 낯익은 여자의 얼굴이 나타났다.

"말씀하세요."

"오늘 오후에 예약하고 가셨죠?"

"그런데요."

"생각보다 예약 스케줄이 일찍 잡혔어요. 사흘 뒤 오후 2시예요."

"잘됐군요."

"그럼 오늘 중으로 병원에 오셔서 선수금 2만 불을 결제해주시겠어요? 번거롭게 해드려서 죄송하지만, 직접 오셔서 작성하셔야 하는 수술 서약서도 있고요."

"지금은 좀 곤란한데."

"오늘 중으로만 오시면 돼요. 6시까지예요."

안드로이드가 분명해 보이는 간호사는 생긋 웃으며 통화를 끊었다. 그렇지 않다면 병원 간호사들이 그렇게 하나같이 배우처럼 예쁠 순 없었다. 저희 선생님께서 워낙 미적 감각이 뛰어나셔서요. 이 병원엔 어떻게 당신처럼 아름다운 간호사들만 있냐는 다른 손님의 질문에 대답하는 간호사를 본 적이 있다. 그때 생각했다. 이 안과의사는 분명 호색한이거나 변태거나, 둘 중 하나일 거라고. 둘 다일 수도 있고.

2만 불이라. 액정에서 간호사의 잔영이 완전히 사라지자

나는 다시 현실로 돌아와야 했다. 선수금을 지불하고 나면 통장 잔액은 0에 가까웠다. 아니, 그나마 선수금을 지불할 돈이라도 있으니 다행이라 생각해야 할까? 나는 오래전의 안드로이드 품질검사*를 떠올렸다. 내가 세상으로 나오기 전 공장에서 겪었던 마지막 관문이었다.

눈앞의 컵에 물이 반쯤 차 있을 때, 당신은 이것을 어떻게 표현하시겠습니까?

제품의 긍정 성향과 부정 성향을 가려내는 그 질문에, 기억이 맞는다면 나는 이렇게 답했다.

중요한 것은 안드로이드가 먹을 수 있는 물이냐 아니냐입니다.

* AQCT(Android Quality Control Test), 출고 직전의 안드로이드를 다양한 방식으로 검사하여 제품의 특성과 성향, 오작동 및 결함 여부와 가능성 등을 미리 분석하는 제도.

평가관들은 내게 도발 위험성과 폭력성, 불순응성 항목에 가점을 주어 채점했다. AQCT 점수로만 보면 내 총점은 결코 나쁜 편이 아니었지만 위험성 항목들에 체크가 되어 있다는 것은 치명적이었다. 그런 의미에서 어차피 처음부터 나는 직장 생활을 할 수 없게 만들어진 안드로이드였다. 체이서가 될 수밖에 없는 운명이었던 것이다.

"이 정도 비라면 물이 반쯤 차 있는 컵이라 해도 단숨에 채우겠군."

또 다른 '헤븐 앤드 헬'로 향하며 나는 중얼거렸다.

호텔 '헤븐 앤드 헬'은 D구역 번화가의 맨 가장자리에 있었다. 호버 6를 세우고 안으로 들어가니 로비에서 프런트 직원이 웃으며 나를 맞았다.

"무엇을 도와드릴까요, 손님?"

"협조를 구해야 할 것이 있는데⋯⋯."

주머니에서 체이서 ID를 꺼내 보이자 직원의 태도가 다소 무뚝뚝해졌다.

"뭘 원하시죠?"

"에인절이라는 이름의 객실을 보려고 합니다만."

"에인절요?"

"그렇소."

"거기라면 이미 경찰조사가 진행 중이라서 곤란합니다."

프랭크.

녀석이 선수를 친 모양이었다. 가는 곳마다 프랭크의 그림자를 쫓고 있는 느낌이었다. 방법은 두 가지였다. 올라가 그림자를 밟고 그를 마주하거나, 돌아서 그림자의 반대편으로 달리는 것. 나는 후자를 선택했다.

"생각보다 더 빨리 오셨네요."

A구역 중심가의 안과에 도착하자 간호사가 말했다. 그녀는 내게 몇 장의 수술 서약서를 내밀었다. 크레디트 링크 카드를 건네고 서약서를 작성하는 동안 내 UDC*를 통해 계좌에서 2만 불이 출금되었다는 메시지가 나타났다. 순간

• United Digital Communicator, 통합정보단말기.

몸에서 힘이 쭉 빠져나가는 기분이 들었다. 나머지 8만 불에 대한 걱정보다는 당장 내일부터의 일상이 문제였다. 식비, 에탄올값, 월세, 관리비……. 아무리 아낀다고 해도 돈들어갈 곳 천지였다. 프랭크에게 절도 사건 몇 개라도 얻어봐야겠군. 나는 아까 호텔에서 그를 피한 것과 맨 처음 현장에 갔을 때 그의 제안을 좀 더 귀담아듣지 않았던 것이 후회스러웠다.

원장실 문이 열리고 환자가 걸어 나온 것은 그때였다. 힐끔 환자의 얼굴을 쳐다본 나는 곧 다시 고개를 들어 그의 얼굴을 찬찬히 바라볼 수밖에 없었다. 흰 수염. 아까 만난 '헤븐 앤드 헬'의 바텐더였다.

"이봐요."

나는 뜻밖의 우연이 반가워 말을 걸었다.

"나 말이오?"

그러나 바텐더는 전혀 모르겠다는 표정으로 나를 멀뚱히 쳐다봤다.

"아까 봤잖소. 그 바에서……. 당신, 바텐더 아니오?"

"말도 안 되는 소리. 잘못 봤소."

"아니, 분명히 아까 당신을……."

"간호사 아가씨, 이 아저씨 수술 좀 빨리 해드려야겠구 먼. 시력이 엉망이야."

바텐더는 간호사 쪽을 쳐다보며 나를 손가락으로 가리 키더니, 다시 한번 내 쪽을 쏘아보고 병원 밖으로 나갔다. 손가락질하는 버릇까지 똑같았다. 바보가 된 기분이었다.

"괜찮으세요?"

간호사가 출입문과 나를 번갈아 바라보며 물었다. 나는 손에 들고 있던 서약서를 마저 작성하고 도망치듯 병원을 빠져나왔다.

병원 주차장에 이르자 빗속에 낯익은 얼굴이 서 있었다.

"여어."

녀석이었다.

그림자의 반대편으로 달린 것은 잘한 선택이었다. 이제 그가 내 그림자를 쫓고 있었다.

"호텔은 다 봤나 보지?"

나는 축축해진 바짓단을 끌어 올리며 말했다.

"거기까지 찾아왔었나? 흐흐, 그랬군."

"뭐 좀 알아냈어?"

"안 그래도 할 말이 있어 온 거야. 일단 호텔로 가자고."

무슨 꿍꿍이인지는 알 수 없었지만 어차피 호텔에 다시 가볼 생각이었으므로 나는 녀석을 따랐다. 두 대의 호버크 라프트가 나란히 천국과 지옥을 향해 날아올랐다.

"아직 위에 있지?"

호텔 입구에 들어서며 프랭크가 아까의 그 직원에게 말했다.

"예예, 방금 확인하고 왔습니다."

돈을 좀 먹었는지 직원의 태도가 나를 대할 때와는 영 딴판이었다. 내게서 경계의 눈빛을 떼지 않으며 그는 엘리베이터까지 우리를 에스코트했다.

"잠깐 대기해."

객실 '에인절'은 13층이었다. 프랭크가 명령하자 로봇들이 일렬로 객실을 빠져나와 복도에 죽 늘어섰다. 방으로 들어가던 프랭크가 로봇들을 유심히 살피는 내게 손짓했다.

"들어와."

객실 내부는 하늘색 벽에 거대한 흰색 날개 모양의 장식이 붙어 있는 것 말고는 특별할 게 없었다. 침대는 잘 정돈되어 있었고 탁자나 화장실에도 크게 눈에 띄는 점은 없었다. 내가 내부를 살피는 동안 프랭크는 의자에 앉아 구식 담배에 불을 붙였다.

"이게 다야?"

프랭크가 세 번째 담배를 입에 막 물었을 때 나는 허탈해진 채로 물었다.

"뭘 기대한 거야."

"C의 흔적."

"C?"

"그래. 너도 그 쪽지를 본 거 아니었나?"

"아, 그 쪽지."

프랭크는 히죽거리며 자리에서 일어났다.

"다시 한번 묻지."

"뭘?"

"의뢰인을 말해줘. 자료를 모두 주지. 수임료를 반으로 나누는 조건으로."

"싫다고 했을 텐데."

"역시, 그럴 줄 알았어. 그럼 이건 어때?"

프랭크가 주머니에서 자신의 UDC를 꺼내 들었다. 그가 기기를 하늘색 벽 쪽으로 비추자 기기에서 쏟아진 빛 속에 커다란 화면이 나타났다.

"잘 봐."

화면에 보이는 건 피해자가 살고 있던 원룸 건물의 최근 출입자 기록이었다.

"어제와 오늘 사이 여긴 생체 출입 기록이 없어. 근데 여자는 오늘 죽었지. 그 얘긴 뭐겠어? 여자를 죽인 건 인간이 아니란 말이야. 안드로이드일 가능성이 높다는 얘기지. 난 정부 교통청에 의뢰해 네 호버크라프트의 운행 기록을 뽑아봤어. 아니나 다를까, 오늘 오후 사건이 일어나던 그 시간, 네가 타고 다니는 그 고물 호버 6는 안과 병원에서 여기까지를 왕복했더군."

"뭐?"

"왜, 못 믿겠나?"

"말도 안 되는 소리. 그때 난 안과에서 검사를 받는 중이었어. 신고가 들어온 건 그 후로 한 시간 뒤였고. 일리바이라는 게 뭔지도 모르는가 보군."

"아직도 감이 안 잡히나? 흐흐, 그래. 그렇담 재밌는 얘길 하나 해주지. 요즘 체이서 킬러라고 불리는 자가 있어. 들어봤나? 소위 안드로이드 노예상들보다 더 악질인 놈이지. 우리, 아니 너 같은 안드로이드를 이용해먹는 거야. 고유 칩을 바꿔치기해서 자신의 꼭두각시로 삼는 거지. 폭행, 절도, 협박, 납치, 살인…… 못 하는 게 없어. 잡혀도 잡히는 건 안드로이드지. 누가 조종했는지는 알 수 없는 거야. 너, 네 고유 칩 데이터를 체크해본 지 한참 됐지? 어디 한번 네 눈 뒤의 칩 데이터를 까보시지 그래. 그런 다음에도 그렇게 자신만만할 수 있나 두고 보자고. 여자가 죽던 시간에 네 고유 칩은 접속이 끊겨 있을걸?"

프랭크는 더 이상 히죽거리지 않았다. 나는 무언가를 생각해보려고 애썼다. 그러나 손은 UDC를 들어 오른쪽 손목 아래의 커넥터와 연결하려 하고 있었다.

"하나 더. 이 사건을 누가 너한테 의뢰했다고 생각하나? 너 같은 체이서들은 아무 데나 널려 있어. 멋지게 사건을 해결하길 기대하고 의뢰했다고 생각하면 오산이지. 네가 뭐 잘나서 너한테 의뢰가 들어온 게 아냐. 넌 하나도 특별할 게 없어. 유능한 체이서라면 먼저 의뢰인의 의도부터 의심해봐야 하는 거 아닌가? 탐정 나리."

나는 프랭크를 쏘아보았다. 그러나 녀석은 내 눈빛을 피하지 않은 채 이어서 말했다.

"마지막으로 네가 모르는 걸 하나 더 말해주지. 네가 발견한 그 쪽지는 원래 여자의 종이책 속에 있던 거야, 알아? 그걸 화장대 위에 놔둔 건 바로 이 몸이시라고. 흐흐."

프랭크의 말을 끝까지 듣는 대신 나는 손목 아래쪽의 캡을 열고 UDC를 커넥터에 연결했다.

외부 기기: 안드로이드 모델 넘버 SXRT-039-47-2826-61

연결 메시지를 확인하고 고유 칩의 속성을 검색했다. 제발, 제발. 오늘 날짜를 클릭하자 결과가 출력되기 시작했다.

⋮

12:31 - 메인 칩 연결 종료: SXRT-039-47-2826-61

12:32 - 서브 칩 연결 완료: KCV-133-06-3365-87

13:28 - 서브 칩 연결 종료: KCV-133-06-3365-87

13:29 - 메인 칩 연결 완료: SXRT-039-47-2826-61

⋮

눈앞에 뜬 결과를 보면서도 믿을 수가 없었다. 도대체 누가, 도대체 왜?

"오, 확인 중이셔?"

UDC를 쥔 나를 바라보며 프랭크가 말했다.

"처음에는 설마설마했지. 그래서 너와 수임료를 반씩 나누려고 했던 거고. 체이서 킬러가 누군지 알아내야 했거든. 그건 살인사건 따위보다 훨씬 더 큰 현상금이 걸려 있으니까 말야. 난 처음부터 너에게 사건을 맡긴 의뢰인이 바로 체이서 킬러일 가능성이 높다고 생각했어. 결론부터 말해 줘? 결론은, 내 추리가 정확했다는 거야."

프랭크가 낄낄거렸다. 한꺼번에 너무 많은 생각이 머리를 떠돌기 시작했다. 머릿속에서 스파크가 일어났다고 느껴질 만큼 강력한 혼돈이었다. 오늘 낮 안과에서 마취 주사를 맞고 자리에 눕던 기억. 나는 분명히 마취 상태에 있었다. 그런데 그때 내게 무슨 일이 일어난 거지? 나는 아까 나를 알아보지 못하던 바텐더를 떠올렸다. 나와 같은 이유로 안과 신세를 져야 하는 그의 상황을 기억해냈다. 크리스안과. 여자를 밝히는 의사. 그의 이름이 바로 크리스였다. 쪽지 속의 C는 어쩌면…….

"왜 하필…… 나였지?"

"그건 의사 선생님한테 가서 물어봐야 할 것 같은데. 그

자식, 그 여자랑 여기서 재미 좀 봤던 모양이더라고. 자세한 사정이야 나도 모르지. 누가 바람이 났을 수도 있고, 아니면 여자가 불법적인 일을 하는 게 껄끄러웠을 수도 있고. 인간이 인간을 죽이는 거야 늘 있어온 일이니까. 그놈에겐 한 시간 정도 마취해야 하는 안드로이드 안과 검사만큼 칩을 바꿔 넣기 좋은 기회가 또 어디 있겠어? 김사빈으러 온 안드로이드라면 누구든 상관없었을 거야. 너여야만 했던 필연적 이유 따윈 없는 거라고."

프랭크의 목소리가 아주 먼 곳에서 들려오는 화이트노이즈처럼 치직거렸다. 나는 이제 어떻게 해야 할지를 생각했다. 갚지 못할 8만 달러와, 받지 못하게 될 수술과, 잡을 수 없게 된, 아니, 어쩌면 이미 잡힌 것이나 다름없는 범인에 대해 생각했다. 프랭크는 내 생각을 방해하지 않으려는 듯 들고 있던 세 번째 담배를 벽에 붙은 흰색 날개 끝에 천천히 비벼 끈 다음 말했다.

"안됐지만, 널 이번 살인사건의 용의자로 체포……."

프랭크가 말을 마치기도 전에 나는 잽싸게 달려가 그의

입을 틀어막았다. 사람을 죽여본 적은 없지만 안드로이드를 어떻게 제거해야 하는지는 잘 알고 있었다. 나는 왼쪽 팔로 그의 목을 조른 뒤 오른손으로 그의 인조 눈을 떼어냈다. 비명과 함께 전선들 사이에서 작은 푸른색 스파크가 일었다. 눈 속으로 손을 넣어 고유 칩을 꺼내자, 프랭크는 피곤에 지친 아이처럼 갑자기 스르르 잠이 들었다. 바닥에 그를 누이고 축축한 느낌이 들어 살펴보니 그의 바지에서 뜨끈한 액체가 흘러나오고 있었다.

화장실로 들어가 거울 앞에 섰다. 늘 보던 얼굴, 그래서 특별할 것 없는 얼굴이었다. 내 얼굴이지만 다른 누군가의 얼굴일 수도 있는, SXRT-039-XX 계열의 얼굴. 나는 왼손을 들어 조심스럽게 오른쪽 눈을 뽑아내고 체액이 닿지 않게 주의하면서 오른손으로는 눈구멍 뒤편의 예비 슬롯에 그의 칩을 꽂았다. 오른쪽 팔에 아직 연결된 UDC에서 메시지가 출력되었다.

외부 칩 연결 인식: SXRT-039-11-5947-79

심호흡을 한 번 하고 이번에는 메인 슬롯에서 내 고유 칩을 뽑았다. UDC에서 경고 메시지가 시끄럽게 울리기 시작했다. 예비 슬롯에 칩이 꽂혀 있는 동안 메인 슬롯에서 칩을 뽑았을 때 견딜 수 있는 시간은 단 1분. 나는 화장실을 빠져나와 누워 있던 그의 눈 속을 더듬더듬 뒤져 내 고유 칩을 그의 메인 슬롯에 꽂는 데 성공했다. 나와 똑같이 생긴 그의 얼굴은 싸구려 인조 눈 때문에 생산 연도보다 훨씬 더 오래되어 보였다. 곧 떨어져 있던 프랭크의 UDC 액정에 불이 켜지더니 새로운 고유 칩을 읽어 들이는 작업이 표시되기 시작했다. 슬롯 변환율 1.

아직 1분이 다 되지도 않았는데 전원공급이 약해지기 시작했다. 11. 나는 그의 앞에 주저앉고 말았다. 14. 인간들은 똑같이 생긴 사람들을 가리켜 쌍둥이라고 부른다던가? 19. 그러나 나는 한 번도 프랭크가 나와 같다고 생각해본 적이 없다. 24. 아니, 정확히 말하면 다르다고 생각해본 적도 없다. 28. 숫자가 올라갈수록 사고가 정체되고 논리가 흐려지는 느낌이다. 33. 내가 아는 한, 같은 계열의 안드로이드 고유 칩은 상호 교환이 가능하다. 37. 안드로이드 회사에서는 이를 '바꿔치기'라고 불렀다. 42. 그러나 정말 가능할 것인가? 45. 이론은 언제나 이론일 뿐이다. 50. 이론상이라면 모든 안드로이드의 수명은 동일해야 한다. 56. 그러나 실제 안드로이드의 수명은 모두 다르다. 59. 무엇 때문인가? 60. 음식 때문에? 61. 환경 때문에? 62. 감정 때문에? 64. 알수 없다. 66. 이 세계에는 알 수 없는 일들이 너무 많다. 69. 당장 몇십 초 뒤에 내가 꺼지고 프랭크가 깨어나면 그것은 나일까, 아니면 프랭크일까. 73. 프랭크에게 내 고유 칩을 심은 나는 누구인가. 76. 둘 다이거나, 둘 다 아닐 수도 있다. 80. 뇌로 공급되는 전원이 점점 적어지는 것이 느껴진다. 86. 서브 칩만으로 버틸 수 있는 시간은 이제 끝나가는 듯하다. 90. 분명한 것은 하나. 92. 눈을 뜨면, 눈앞에 그토록 찾던 범인이 있을 것이라는 사실뿐. 95. 나는 눈을 감는다. 98. 로딩 완료 시간이 다가온다.

홀 시커Hole-Seeker

1

솔리스 스테이션 대기실 한구석에서 나는 뜻밖의 물건을 발견했다. 원래 찾으려던 것은 사무실에서 틈날 때마다 읽던 책이었다. 방사능에 오염된 남십자성 출신의 외계인이 지구인 남성과 치명적인 사랑에 빠진다는 내용의 소설은, 역시 남십자성 출신으로 굳이 지구식으로 성별을 나누자면 여성에 가까운 동료가 부담스러운 호감을 표시하며 선물한 것이었다. 처음에는 읽지 않고 내다 버릴 생각까지 했었지만, 곧 다른 동료들로부터 그 책이 회사에 있는 지구 출신 남자라면 누구나 받은 선물이며, 또 막상 읽어보면 꽤 괜찮은 소설이라는 얘기를 들은 뒤부터 부담 없이 읽고 있던 중이었다.

그러나 가방 어디쯤 넣어놓은 책을 찾다가 발견한 것은 비슷한 색깔의 다른 책이었다. 표지에는 아무런 제목이나 그림도 없었다. 출판사 로고나 저자 이름이라도 찾아보려고 책을 불빛에 비추어 이리저리 돌려보았지만 허사였다. 자세히 보니 제본 상태가 조악해 정식으로 출간된 책 같지도 않았다. 도대체 어디서 이딴 물건이 굴러들어 왔을까. 미간을 찌푸리며 책장을 넘기는데 무언가 무릎 위로 툭 하고 떨어졌다.

백조자리 X-2

49267D290Q28CV

누렇게 변색된 종이쪽지에는 메모가 적혀 있었다. 숫자 9를 안쪽에서부터 시계 방향으로 돌려 쓰는 버릇이라든지, Q를 쓸 때 반시계 방향으로 원을 두 번 그린 것으로 미루어 보아 틀림없는 아버지의 필체였다. 두께가 굵은 글씨 역시 아버지가 즐겨 사용하던 구닥다리 펜을 떠올리게 했다. 맙소사, 아버지라니. 나는 세균이라도 옮을까 싶어 얼른 책을 덮어버렸다.

다행히 곧 수속이 시작되었다. 느닷없이 나타난 소행성과 운석 조각들 때문에 출발이 몇 시간이나 지연되었던 지난번 출장 때에 비하면 운이 좋은 편이었다. 소설의 결말을 끝내 알 수 없게 되긴 했지만 기다림에 지치는 것보다는 나았다.

여권과 가방을 들고 출국심사대에 들어섰다. 신원확인이 끝나자 검사원은 유해성 검사를 위해 세 개의 팔 중 가운데를 들어 동공과 지문 채취를 요구하는 신호를 보냈다. 건조한 표정으로 채취된 동공과 지문을 바라보는 그―어떤 성별인지 확신할 수는 없었지만―를 바라보다 문득 태양계 출신이 아님이 분명한 그가 대체 무슨 사연으로 이곳까지 흘러들어 왔을까 싶은 생각이 들었다.

"협조해주셔서 감사합니다."

내 우주적 오지랖을 알아채기라도 한 듯 검사원 목에 달린 조그마한 통역기를 통해 목소리가 흘러나왔다. 그가 설정해놓은 목소리는 9시 뉴스 앵커와 동일한 것이어서, 나는 뉴스의 주인공이라도 된 듯한 기분이었다. 심사대를 벗어나 다음 구역으로 들어서자 비로소 일렬로 늘어선 게이트들이 눈에 들어왔다. 아라비아숫자와 우주공통문자가 병기된 각각의 게이트 위에는 붉은 불빛이 점멸 중이었다. 그리고 불빛 너머에는 정거장 한쪽 면을 가득 채운 투명한 창이 있었다. 존재하지 않는 것 같은 창 너머로 보이는 칠흑 같은 어둠. 이제 저쪽부터는 태양계 밖이라고 생각하니 왼쪽 가슴 아래가 꿈틀거렸다. 마치 처음 태양계를 벗어나는 사람처럼 나는 한동안 멍하니 서서 우주의 맨얼굴을 바라보았다.

2

사람들은 종종 이 정거장을 다른 뜻의 솔리스 스테이션이라고 불렀다. 태양계를 뜻하는 솔리스solis가 아니라 위안

solace이라는 뜻에서였다. 우주에서 태양계를 고향으로 여기는 이들은 점점 많아지는 추세였다. 원주민인 인류뿐만은 아니었다. 아까 검사원처럼 수 광년, 멀게는 수십 광년 떨어진 곳에 살던 외계 종족들도 어엿한 태양계 주민이 된 지 오래였다. 반대로 태양계 밖으로 나가는 인류도 많아져서, 오랜만에 태양계로 들어오는 이들은 솔리스 스테이션이 고향에 돌아온 듯한 느낌을 준다고 했다.

우주여행이 잦지 않은 내게 솔리스 스테이션은 그저 낯선 곳이었다. 인류가 외부 태양계로 진출하기 위해 건설한 최초의 인터유니버설 우주정거장. 개보수를 거듭하긴 했지만 늘 축축하고 복잡하며 더러운 곳. 우주 전염병과 성간 범죄의 온상. 끊이지 않는 사건 사고. 악취와 혼란과 불친절……. 솔리스 스테이션 하면 먼저 떠오르는 것들이었다.

우주선에 올라타자 기내에는 출발지가 태양계인지 아닌지 구별이 되지 않을 정도로 여러 종족이 섞여 있었다. 다양한 종족이 모인 공간에서 가장 문제가 되는 것은 역시 자리의 불편함이었다. 누구는 다리가 네 개, 누구는 팔이 여덟 개, 누구는 허리가 130인치, 누구는 키가 3.4미터이다 보니 애로 사항이 없다면 거짓말이었다. 소란스러운 자리 찾기 와중에 내가 23E라고 적힌 탑승권을 들고 일등석 근처에서 두리번거리자 지구의 분류로는 연체동물에 가까운 팔을 지닌 승무원이 3미터 밖에서 내 탑승권을 채 가며 말했다.

"반대쪽 통로로 쭉 들어가세욧."

그녀의 여러 팔 중에 화살표 모양으로 변한 팔이 가리키는 쪽을 따라 걸으니 금세 23구역이 나타났다. 따로 떨어진 두 자리였는데 다행히 옆 좌석에는 조용하고 신사적이기로 소문난 게성운 외계인이 앉아 있었다. 게성운 원주민은 역시 지구식 분류로는 갑각류, 그러니까 커다란 가재 같은 모양이라 알아보기 쉬웠다. 얼마 전 뉴스에서 게성운이 태양계 성부에 "태양계 일부 행성의 잔학무도하고 무분별한 게성운 주민 포획 및 학살"에 관한 공식적인 항의 서한을 보냈다는 소식을 들었는데 문득 그 결과가 궁금해졌다.

짐을 정리하고 자리에 앉자 얼마 지나지 않아 굉음과 함께 우주선이 진동했다. 내가 가야 할 곳은 너구리자리의 수도 행성, 일명 너구리 무덤이었다.

"간 김에 너구리라도 한 마리 잡아 오지 그래."

주간 회의에서 이번 출장을 다녀올 사람으로 내가 결정되던 날, 부장은 어깨를 툭 치며 말했다. 그의 농담은 사람을 힘 빠지게 하는 구석이 있었다. 큰곰자리라든가 오리온자리처럼 가깝고 번화한 곳으로의 출장은 주간 회의로 내리지도 않고 그 전에 열리는 간부 회의에서 미리미리 채가는 위인이, 이번처럼 멀고 오래 걸리는 우주 변두리로의 출장은 꼬박꼬박 주간 회의 안건으로 올렸다. 그래 놓고늘 자기처럼 합리적이고 개방적으로 출장을 나누는 사람이 없다고 자랑하는 꼴이라니…… 너구리자리는 가는 데만 일주일이 걸리는 오지 중의 오지였다. 게다가 직항 편도없어서 물개자리까지 가는 우주여객선을 타고 물개자리의대표 정거장인 스페이스 씨 스테이션에 도착한 다음, 거기서부터는 1인용 우주선을 빌려 혼자서 가야 했다. 오가는시간만 해도 어마어마한데, 싱글 라이딩까지 해야 하는 것이다. 당연히 아무도 선뜻 지원하지 않았다. 부장은 뻔히 다 알면서도 능글맞은 웃음을 띤 채 모두에게 물었다.

"그럼 이 중에 싱글 라이더 자격증 있는 분이 누구죠?"

3

진동이 가라앉고 우주선이 성상 궤도에 진입하자 안전 벨트며 각종 규제가 풀렸다. 화장실을 갈까 하다가 대신 가방을 뒤져 책을 꺼냈다. 그러고 보니 아까는 제대로 내용을 읽어보지도 않았다. 표지를 넘기니 그제야 제목이 등장했다.

홀

지은 사람 이름도, 다른 아무 내용도 없이 흰 종이 위에 휑하니 제목 한 글자만 적혀 있었다. 몇 장 더 넘기니 목차가 등장했다. 특별한 내용이 있다기보다는 1, 2, 3 하는 숫자와 페이지 수만 적혀 있는 구성이었다. 딱히 목차로 만들지 않아도 될 만한 정보였다. 한 페이지를 더 넘기니 그제야 글이 시작되었는데, 그 첫 문장은 이랬다.

이 책은 지구의 구멍을 찾기 위해 쓰였다.

지구의 구멍?

나름대로 지구에서 평생을 살았지만 한 번도 들어보지 못한 소리였다. 간혹 "지구의 배꼽"이라든가 "지구의 허파" 같은 표현을 들어본 적은 있었지만 지구의 구멍이라니. 소설책을 가져오지 않은 후회가 다시 한번 밀려왔다. 제길, 조금만 더 읽으면 주인공 둘이 침실로 들어가는 장면이었는데. 팔다리 구분 없이 일곱 개의 촉수를 가진 남십자성 외계인의 사랑법을 제대로 볼 기회를 놓치고 말았다는 사실에 짜증이 났다.

지구공동설地球空洞說은 결코 허황된 이론이 아니다. 에드먼드 핼리의 가장 위대한 업적은 결코 그가 발견한 핼리

혜성에 있지 않다. 그가 평생에 걸쳐 혜성보다 훨씬 더 적극적으로, 필생의 힘을 다해 매달린 연구가 무엇인지 아는가? 바로 지구공동설이다.

한숨을 쉬며 읽어 내려간 책은 온통 허황된 이야기로 가득 차 있었다. 말이 안 되기로 치자면 남십자성 출신의 외계인이 지구인 남성이 아니라 그의 집 거실 소파와 사랑에 빠진다고 해도 상대가 안 될 정도였다. 나는 건성으로 책장을 넘기기 시작했다.

지구공동설이란 요약하자면 말 그대로 지구의 속이 텅 비어 있다는 거였다. 더불어 양극, 남극과 북극에는 비어 있는 속으로 들어갈 수 있는 입구가 있다고 했다. 얼마나 근거가 없었으면 책의 저자는 이 주장을 증명하기 위해 역사상 유명한 인물을 두 명이나 불러왔다. 핼리혜성을 발견한 영국의 천문학자 에드먼드 핼리, 그리고 스위스의 천재 수학자 레온하르트 오일러. 그나마 이 두 사람도 비어 있는 지구 안쪽의 공간에 대해서는 서로 다른 주장을 했다.

1692년 어느 날 에드먼드 핼리는 지구가 약 800킬로미터 두께의 외부 껍질과 각각 금성과 화성 정도 크기의 두 개의 내부 껍질, 그리고 수성 정도 크기의 안쪽 구로 이루어져 있다는 내용의 글을 썼다. 구와 구 사이에는 대기가 있고, 각각의 껍질이 자기극을 가지고 있으며 서로 다른 속도로 자전한다는 것이다. 또한 지구 안쪽에는 야광성 물질이 가득 차 있으며 그것이 빠져나와 오로라를 만드는 것이라고 주장했다.

반면 18세기의 수학자 레온하르트 오일러가 주장한 지구 공동설은 핼리의 것과는 달랐다. 오일러는 외부 껍질의 존재는 인정했지만 그 안에 여러 겹의 내부 껍질 대신 또 하나의 태양이 있다고 믿었다. 그리고 지구의 내부에는 전혀 다른 종류의 문명이 있어서 내부의 태양은 그 문명에게 빛을 비춰준다고 주장했다.

거기까지 읽고 나자 진짜로 머리가 아팠다. 옛날 사람들의 무지와 아집은 너무나 어이가 없는 나머지 화가 날 정도였다. 나는 책을 덮고 화장실로 향했다.

4

물개자리의 스페이스 씨 스테이션에 도착한 것은 그로부터 한참 후의 일이었다. 자다 깨다, 화장실을 왔다 갔다, 책을 폈다 덮었다를 수십 번은 반복한 다음이었다. 지친 표정으로 좌석 위 선반에서 짐을 빼고 있는데 60시간 내내 옆자리에서 잠도 자지 않고 기내식으로 특별 주문한 바닷물만 퍼마시던 게성운 외계인이 조심스레 말을 걸어왔다.

"저…… 읽으시던 책 말예용. 제목 좀 알 수 있을까용?"

이 책 못 찾으실 텐데요,라고 몇 번을 말했지만 그는 막무가내였다. 정중한 것과 고집 있는 것은 또 다른 얘기였다.

"아니, 알려주기 싫어서 그러는 게 아니라……."

"울트라넷으로는 다 찾을 수 있을 거예용. 요즘은 뭐 안 나오는 게 없으니까용."

그는 내 말을 끊고 빼앗듯 책을 가져가며 말했다. 아무리 두꺼운 책이라도 단숨에 잘라버릴 수 있을 것 같은 두 집게로 세심하게 표지를 넘긴 다음 제목을 받아 적는 그의 모습은 지구에서라면 돈 주고도 못할 구경이었지만 나는 다소 언짢아졌다. 목적을 달성한 그는 만족한 표정으로 책을 돌려주고는 금세 돌아서 멀어졌다. 물론 게성운 출신답게 고맙다는 뜻으로 등 껍데기를 살짝 들어 올리는 것을 잊지 않았다.

도착은 했지만 문제는 이제부터였다. 사흘이나 걸릴 게 뻔한 싱글 라이딩을 시작해야 하는 것이다. 도무지 엄두가 나지 않아 일단 부장에게 중간보고부터 하기로 했다. 항성 간 통화가 가능한 공중전화를 찾으러 돌아다니다 문득 이런 것들이 불가능했던 예전은 얼마나 더 편리하고 행복했을까 하는 데까지 생각이 닿자 기운이 쭉 빠졌다.

"샘플 상태는?"

부장의 목소리는 수십 광년 밖에서도 여전히 느글거렸다.

"이상 없습니다."

"그래 수고해. 이왕 간 김에 구경이라도 좀 하고 오라고."

너라면 너구리 무덤에서 하고 싶은 구경이 있겠냐,라고 나지막이 중얼거렸지만 이미 전화는 끊긴 뒤였다. 사실 그가 끊기만을 기다렸다가 내뱉은 말이었다. 어쨌든 우주의 끝과 끝에서도 업무 지시가 가능한 세계란 피곤했다. 나는 싱글 라이딩 플랫폼을 찾아 걷기 시작했다.

"지연이요?"

"네, 방금 정거장 전체에 감기 경보가 내려졌으니까요."

"아니, 난 태양계 출신이라고요. 감기 따윈 상관없어요!"

"그건 댁 사정이죠. 발병 원인을 찾지 못하는 이상 앞으로 하루 동안은 누구도 이 정거장 밖으로 못 나갑니다."

물개 머리를 한 직원은 고개를 홱 돌려 다른 업무를 시작했다. 지구 같으면 의사소통조차 안 될 생명체에게 무시당한 기분이라니……. 속에서 열이 확 올라왔다. 짐을 놓아둔 대기실로 돌아와서도 나는 한동안 분을 삭이지 못하고 이리저리 거닐었다. 우주선 지연이 드문 일도 아닌데 왜 이렇게 화가 나는지 스스로도 이해할 수 없었다. 서비스 정신이라고는 은하수에 홀랑 말아먹은 물개 직원 때문일까. 아니면 출발을 못 하는 이유가 고작 감기이기 때문일까. 어쩌면 최악의 경우 사흘하고도 하루를 더 있어야 한다는 불안 때문인지도 몰랐다.

그리하여, 감기로 인해 일시 봉쇄령이 내려진 물개자리의 스페이스 씨 스테이션 대기실에서 나는 또다시 그 책을 꺼내 들었다.

5

책을 다 읽을 때까지 정거장 봉쇄령은 풀리지 않았다. 꾹 참고 읽어낸 책은 의외의 정보들을 담고 있었는데, 그중에는 유치하긴 해도 제법 흥미로운 내용들도 있었다. 이를테면 '홀 시커'에 관한 설명이 그랬다.

홀 시커hole-seeker란 말 그대로 구멍을 찾는 사람을 의미한다. 직업적 의미로서의 홀 시커가 등장한 것은 고작 10여 년 전이지만 그 전에도 우리는 역사 속에서 아마추어 혹은 비공식적 홀 시커들이 존재했음을 증명하는 사료들을 곳곳에서 발견할 수 있다. 필자를 포함한 현재의 홀 시커들은 리치몬드 M. 마셜 경의 분류에 따르면 제4세대로, 성공적인 홀 시킹에 가장 근접한 세대라 할 수 있다.

홀 시커라는 용어가 낯설지 않았던 것은 그것이 아버지가 종종 하던 어떤 말을 떠올리게 했기 때문이다. 세상에서 가장 멍청한 족속들을 부르는 이름이 있는데, 그건 바로 홀 시커라는 것이다. 텔레비전에서 바보 같은 인물들이 나올 때, 주변에서 어리석은 사람들의 이야기를 들을 때, 심지어는 내가 무슨 실수를 저질러서 아버지 앞에서 혼나고 있을 때도 아버지는 그 단어를 사용했다. 너, 홀 시커 같은 놈이 되고 싶은 게냐?

나머지는 '필자'라고 지칭되는 홀 시커와 그의 동료들이 지구 북극과 남극에 있거나 있으리라 여겨지는 구멍을 찾는 여정에 관한 것이었다. 그들은 종종 위험에 노출되었고, 늘 배고팠으며, 무엇보다 바보스러웠다. 결국 책의 결말까

지 그들이 찾아낸 구멍이라고는 북극곰이 물범을 잡기 위해 파놓은 얕은 구덩이 몇 개뿐이었다.

책 말미에는 필자를 비롯한 홀 시킹 팀원들의 이름이 적혀 있었는데, 그 이름들은 왠지 불명예 전당에 오른 패배자들 같은 느낌이라 애잔했다. 나는 목록을 하나하나 살펴보다 그 속에서 낯익은 이름 하나를 발견했다.

제2탐사대장: 윤길현

피식 웃음이 나왔다. 아버지가 알면 재미있어하겠군. 아버지의 아버지 이름이라니. 그러나 다음 페이지를 넘기기도 전에 나는 그 이름이 어쩌면 우연의 일치가 아닐 수도 있다는 것을 깨달았다. 윤길현. 아버지의 아버지. 홀연히 사라졌다는 나의 할아버지.

묘한 기분으로 앉아 있는데 요란스러운 소리가 들려왔다. 긴급 출동한 공항 경비대와 의무대에 의해 누군가가 게이트 반대쪽으로 이송되고 있었다.

"난 아녜용! 아니라고용!"

나와 눈이 마주친 감기 의심 환자는 다름 아닌 아까의 그 게성운 외계인이었다. 예의 바르던 그의 얼굴은 울상이 되어 붉게 물든 나머지 지구의 고급 레스토랑에서나 볼 수 있을 법한 랍스터 같은 모습으로 변해 있었다. 그는 억울한 표정으로 내게 무언가를 말하려는 듯했지만 이미 그의 입은 청소기를 닮은 거대한 마스크로 가려진 채였다. 이제야 떠날 수 있겠군. 나는 모른 척 일어나 싱글 라이딩 플랫폼을 향해 걸었다. 곳곳에서 봉쇄령 해제를 알리는 안내 방송이 흘러나오기 시작했다.

6

칠흑같이 어두운 우주를 홀로 달려보지 않은 사람은 인생을 논할 자격이 없다.

내가 막 우주선을 타기 시작했을 무렵 아버지는 말했다. 그도 그럴 것이 아버지 시대에는 우주선을 혼자 타는 일이 드물었다. 여객선은 늘 관광객들로 북적거렸고, 화물선 역시 마찬가지였다. 혼자 타는 사람들은 고도로 훈련된 파일럿이거나 개인 비행 면허를 소지하고 있는 소수였는데 아버지는 그중 후자였으므로 종종 싱글 라이딩을 나서곤 했다.

며칠간 단독 비행 좀 다녀와야겠소.

집을 떠날 때마다 아버지는 엄마에게 그렇게 말했다. 단독 비행이라는 말을 발음할 때 유난히 느껴지던 그의 입술은 약간 떨리기까지 했다. 싱글 라이더라는 개념조차 생겨나지 않아, 사전을 찾으면 "싱글 라이더: 유원지나 놀이공원 등에서 기구에 혼자 탑승하는 사람"이라는 뜻이 출력되던 시절이었다. 우주에 나가 딱히 할 일이 없었음에도 불구하고 아버지는 말 그대로 비행을 위한 비행을 떠났다. 칠흑같이 어두운 우주를 홀로 달리기 위해, 그것도 아니라면 그의 말대로 그저 인생을 논할 자격을 얻기 위해.

벗어나려면 꼬박 열 시간이 넘게 걸리는 바다표범자리 부근 혹성의 그림자 속을 달리다 아버지의 말이 떠오른 것은 어쩌면 당연한 일이었다. 자동항법장치 덕에 이제 더 이상 싱글 라이딩은 아버지 시대의 사람들에게처럼 어렵고 불편한 일은 아니었다. 한 해에도 백만 명 이상의 우주인이 싱글 라이더 면허를 취득했다. 그때 나는 왜 싱글 라이더 면허를 땄을까……. 아마도 아버지는 여느 때처럼 상금을 내걸었을 것이다. 정확한 정황은 기억나지 않지만 남들은 우주선 면허도 딸까 말까 한 십대 후반에 싱글 라이더 면허를 땄다면 뭔가 그럴듯한 이유가 있었을 것이다. 기억나는 것은 태양계 우주운전국 지부에서 면허 홀로그램을 찾아 돌아왔을 때 아버지가 했던 말뿐이었다.

이제 너도 떠날 수 있겠구나.

가정생활이나 생계보다는 싱글 라이딩에 평생을 바쳤던 아버지. 내가 아는 한 아버지는 홀 시커들을 증오했지만, 아버지 역시 그들과 다름없는 부류의 사람이었다. 아마도 아버지는 자신이 어릴 때 홀연히 사라졌다는 할아버지를 홀 시커라고 믿고 있었을 것이다. 홀 시커들에 대한 증오는 할아버지에 대한 증오가 다른 방식으로 표현된 것일 뿐이다. 만약 아버지가 책을 읽었다면, 책 끄트머리에서 발견한 낯익은 이름을 보고 책을 찢거나 불태웠을지도 모르는 일이다.

이 작업이 끝내 실패로 돌아간다 해도 우리는 지구의 구멍을 찾는 일을 결코 멈추지 않을 것이다. 우리가 이루지 못하면 우리의 자손들에게, 우리의 자손들이 다시 그들의 자손들에게⋯⋯. 그리하여 지구가 하나의 섬으로 모이는 바로 그 지점을, 온 우주가 오직 하나의 행성에만 허락한 그 신비의 구멍을, 언젠가 반드시 찾아내고야 말 것이다.

다시 책을 펴서 마지막 부분을 소리 내어 읽어보았다. 책의 결말은 웅변처럼 비장하고 결연했다. 수십 년 전 은하전쟁의 패전국 총통이 항복 선언문을 읽을 때의 톤 같았다. 우리가 이루지 못하면 우리의 자손들이, 자손들이 못하면 다시 자손들의 자손들이⋯⋯. 그러나 안타깝게도 그들의 바람과 달리 구멍 찾기 놀이는 자손 대대로 이어지지 못했다. 책 속의 이름이 할아버지가 맞다고 해도.

아버지도 할아버지도 내 관심의 대상은 아니었다. 다만 쓸데없는 일에 평생을 낭비했다는 것, 처음부터 잘못된 목표를 설정했다는 것에 대해 약간의 동정을 갖고 있기는 했다. 그들은 모두 내일 휴거가 온다는 이단 종교의 맹신자들처럼 구멍을 찾아 평생을 헤매거나 뚜렷한 이유 없이 홀로 우주를 돌아다녔다. 방법은 달랐지만 결과는 같았다. 적어도 나에게 둘은 똑같은 사람이었다.

나는 자동항법장치를 끄고 창을 가리고 있던 커버를 올렸다. 우주선은 혹성의 그림자를 조금씩 벗어나고 있었다. 저 멀리 바다표범 은하계 중앙의 항성에서 뿜어져 나온 붉은빛이 은은하게 조종석 캡슐을 채웠다.

7

너구리자리를 불과 다섯 시간여 앞두고 있을 때, 부장에게서 초원거리 메시지가 도착했다.

잘 가고 있나?

샘플 상태 체크 잊지 말도록.

P.S. 자네 책상에서 이상한 책을 발견했어.

돌아오면 진술서 쓸 각오 하고 있으라고.

자기 빼고는 모두가 근무 중 독서를 하고 있다는 걸 뻔히 알면서도 이런 식이었다. 젠장, 그 책을 사무실에 두고 왔구나. 부장의 협박은 샘플 상태 체크를 똑바로 하라는 말의 강조법이었으므로 나는 서둘러 가방 속에서 혈액 샘플이 보관된 특수 캐리어를 꺼냈다. 인류의 혈액은 이제 외계에서도 연구나 치료 목적으로 널리 사용되었다. 어디서나 샘플만 있으면 혈액의 대량생산이 가능해진 까닭에 혈액 샘플 전달은 전쟁이나 기아로 허덕이는 우주 곳곳의 은하계에서 광범위하게 이루어졌다. 특히 이번처럼 중요한 혈액 샘플을 전달하는 일에는 무인선을 보내지 않는 것이 외교적, 윤리적 관례였다.

비밀번호와 지문, 이중으로 암호화된 캐리어를 열자 혈액 샘플이 담긴 티타늄 박스가 나왔다. 직사각형 모양의 박스 표면에는 퍼즐처럼 나뉜 티타늄 조각들이 무정형으로 흩어져 있었다. 조각들을 이번 출장의 시각 패스워드인 너구리 모양으로 배열하자 다시 박스가 짧은 멜로디와 함께 열렸다.

박스 안에는 총 여섯 종류의 샘플이 들어 있었다. 원형 용기에 담긴 혈액의 상태는 수시로 변하기 때문에 은하와 은하, 별자리와 별자리 사이를 지날 때마다 반드시 한 번씩 확인해주어야 했다. 하지만 혈액 샘플을 보고 나는 잠시 눈을 의심할 수밖에 없었다. 진공상태에서 원형으로 뭉쳐 있어야 할 혈액들이 모두 용기의 가장자리 부분으로 몰려 있었기 때문이었다. 온도와 기압, 환경과 우주 변화에 미세하게 반응하는 혈액들을 수없이 보아왔지만 이런 적은 처음이었다. 마치 반지처럼 샘플들은 모두 몸 안에 조그마한 구멍을 하나씩 지니고 있는 것처럼 보였다. 조심스레 흔들어보기도 하고 기울여보기도 했지만 혈액들은 사후경직이 일어난 시체들마냥 꼼짝도 하지 않았다. 나는 부장에게 보낼 긴급 메시지를 작성했다.

이상 상황 발생. 샘플 중앙에 원형의 구멍 생성.

빠른 지시 및 조치 요함. 긴급 상황.

땀이 흐르기 시작했다. 현재 위치는 백조자리 부근. 지구와 교신할 수 있는 방법은 오직 초원거리 메시지뿐이었다. 여기만 지나면 너구리자린데‥…. 목적지를 불과 몇 시간 앞두고 샘플에 문제가 생기다니. 이제는 돌아갈 수도 없다. 이대로 목적지까지 갈 수는 더더욱 없다. 나는 자동항법장치를 끄고 항로 밖으로 우주선을 몰고 나갔다. 부장의 답신을 기다리는 몇 분이 한없이 길게 느껴졌다.

8

부장은 몇십 분째 회의 중이었다. 메시지를 반복해서 보낼 때마다 메시지들은 "회의 중"이라는 답신과 함께 자동으로 튕겨 돌아왔다. 하지만 그가 회의 중이 아니라는 것은 나도 그도 잘 알고 있었다. 부장은 다만 시간을 끌고 있을 뿐이었다. 나는 출장 시 늘 휴대하는 문제상황 매뉴얼을 뒤

지거나 컴컴한 창밖을 바라보며 시간을 보냈다. 해결 방법을 생각해보았지만 마땅히 떠오르는 것이 없었다. 티타늄 박스를 바라볼 때마다 오직 여섯 개의 눈동자만이 침묵 속에서 나를 주시하고 있을 뿐이었다.

두 시간을 훌쩍 넘겨서야 부장에게서 답신이 도착했다.

절대 그 상태 그대로 전달되어선 안 돼.
원인을 찾아 해결하도록. 책임은 자네가 진다.

예상하고는 있었지만 정말 예상대로의 답이 도착하자 머리가 멍해졌다. 이따위 답신을 보내려고 이토록 시간을 끌었다니. 속에서 뭔가가 끓어올랐지만 분노는 나중 문제였다. 만약 이대로 샘플이 전달되어 문제가 생기더라도 부장은 결코 책임을 지지 않을 것이 분명했다. 샘플을 정밀 검사할 수 있는 곳으로 돌아간다면? 가장 가까운 정거장인 물개자리의 스페이스 씨 스테이션으로 돌아간다고 해도 이틀은 걸린다. 샘플 도착이 하루 이상 지연되면 샘플 대금의 절반을 받을 수 없을뿐더러 계약금의 두 배에 해당하는 위약금을 물어줘야 한다. 그러나 온전치 못한 샘플을 전달했을 때의 위약금은 계약금의 열 배라는 사실이 문제였다.

머리가 혼란스러웠다. 혈액이 주변 환경에 미세하고 예민하게 반응하는 것은 맞지만, 이렇게 인체조차 느끼지 못하는 변화를 감지하는 일은 흔치 않았다. 운석이 날아들고 우주선이 파괴되어 아비규환이 되는 지경이라면 몰라도 이렇게 평온한 우주 한가운데서 오직 혈액 샘플만 이상행동을 보이는 것은 내 상식으로는 도저히 이해할 수 없는 일이었다. 더군다나 백조자리는 이렇다 할 행성도 정거장도 없는, 항성 간 고속도로 옆에 존재하는 풍경에 불과한 곳이다. 이 황량한 공간에서 대체 무슨 원인을 찾는단 말인가. 백조자리. 이 사막 같은 백조자리에서.

순간 책에서 발견했던 쪽지가 떠올랐다. 아버지의 메모. 나는 어딘가에 빨려들어 가듯 책을 찾아 페이지를 넘겼다. 책장을 넘기는 손이 덜덜 떨려 책 뒤쪽에 끼워놓은 종이를 찾는 데 한참이 걸렸다. 이제 너도 떠날 수 있겠구나. 아버지의 목소리가 들리는 듯했다.

백조자리 X-2

49267D290Q28CV

백조자리 X-2라면 행정구역이 통합되기 이전의 명칭일
터였다. 좌표. 이것은 어딘가의 좌표였다. 서둘러 계기판에
서 현재 좌표를 확인했다. 48723D289Q97TG. 위치를 찍어
보니 아버지가 적어놓은 좌표는 여기서 두 시간 정도 걸리
는 거리였다. 왜 처음부터 이 생각을 하지 못했을까. 아버
지는 내가 스무 살이 되던 해에 그가 사랑하던 단독 비행
을 떠나 다시는 돌아오지 않았다. 바로 이 백조자리에서였
다. 마지막 싱글 라이딩, 아니 단독 비행에서 그가 보았던
것은 무엇이었을까. 보험회사에서는 아직도 그를 실종 상
태로 놓은 채 보험금 지급을 거부하고 있었다. 엄마는 아직
그가 살아 있다고, 다만 우주 어딘가를 떠돌고 있을 뿐이라
고 믿고 있었다. 자라면서 나는 그저 궁금할 뿐이었다. 그

가 마지막 싱글 라이딩에서 보고 경험했을 무엇에 대해. 그를 다시는 지구와 가족의 품으로 돌아오지 못하게 한 무엇에 대해. 그런데 만약 지금 혈액 샘플을 망가뜨리고 있는 것이 그가 발견한 무엇이라면…….

나는 센터페시아 오른쪽 좌표창에 쪽지에 적혀 있는 좌표를 입력했다 캐노피 한쪽에 목표 시섬을 알리는 붉은 점이 반짝거리기 시작했다. 레버를 당기자 한동안 멈춰 있던 우주선이 움직였다. 수동 레버를 쥐고 있는 두 손이 가늘게 떨렸다.

9

수동운전으로 아버지가 적어놓은 좌표 근처로 다가갔지만 어디서도 동일한 좌표는 발견되지 않았다. 이상한 일이었다. 좌표들은 미세한 차이로 메모 속 좌표를 비껴갔다. 문제의 좌표가 자석처럼 우주선을 밀어내고 있는 느낌이었다. 고개를 돌려 바라본 혈액 샘플들은 아까와 동일한 모습으로 눈을 부릅뜨고 있었다. 시간을 너무 많이 허비했어.

지금으로서는 당장이라도 물개자리로 돌아가 정밀검사를 맡기는 것이 최선이었다. 부장 말대로 이대로 너구리자리로 향하는 것은 자살행위였다.

항성 간 고속도로에 올라타기 위해 다시 자동항법장치를 켠 순간 나는 무언가 잘못되었음을 직감했다. 화면에서는 누적되어 있던 경고메시지가 계속해서 출력되고 있었다. 위험. 위험. 위험. 캐노피와 전면 스크린을 완전히 개방하자 눈앞에 말로만 듣던 광경이 펼쳐졌다. 눈동자처럼 동그란 검은 점을 중심으로 모든 것이 찌그러져 보였다. 혈액 샘플 가운데 있던 구멍은 완전히 커져 터질 듯한 원을 이루었고 구석에 몰린 피들은 붉은 반지처럼 뭉쳐 빛났다. 몸속을 흐르고 있는 혈액도 간질거리며 반응을 보이기 시작했다. 짧은 순간에 많은 생각이 스쳐갔다. 사건의 지평선 너머 있다는 그것. 모든 것을 빨아들이는 중력장의 구멍. 한번 들어가면 빛조차 빠져나올 수 없는 구덩이……

좌표창에서 비로소 정확한 좌표를 찾았음을 알리는 신호음이 울려댔다. 아버지가 발견한 것이 설마……. 홀 시커는 할아버지만이 아니었다는 사실을 깨달은 순간 나도 모르게 침을 삼켰다. 그리고 그 침이 식도를 타고 위벽에 닿기도 전에, 온몸의 모든 알갱이가 작고 왜소한 검은 구멍을 향해 일제히 빨려들어 가기 시작했다.

다이아몬드는 영원히

1

시동을 끄자 실내가 조용해진다. 오전 4시 50분. 대시보드 속 아날로그시계는 비현실적인 시간을 가리키고 있다. 나는 창문을 조금 내려 공기가 통하게 한다. 아직 밤의 기운이 가시지 않아 서늘한 바람 속에는 타다 만 풀 냄새 같은 게 섞여 있다.

되도록 펜션과 멀리 떨어진 곳에 차를 세웠다. 아내는 정말 저기 있을까? 알 수 없다. 문을 열고 밖으로 나가 트렁크를 살핀다. 장바구니, 세차 용품, 낡은 운동화, 접이식 카트 옆으로 팬데믹 때문에 몇 달째 못 나가고 있는 사회인 야구팀 가방이 보인다. 다이아몬드 모양의 야구장이 새겨진 가방을 열어 야구 배트 하나를 꺼내 든다. 오목한 나무 손잡이를 쥐자 갑자기 정신이 번쩍 든다. 내가 여기서 뭘 하는 거지?

잠시 멈춰 있다가 잡생각을 떨치기 위해 고개를 흔든다. 먼지가 묻어 있는 야구장갑을 범퍼에 몇 번 털어 양손에 낀다. 갑자기 재채기가 나와 몸을 잔뜩 웅크려 소리 나지 않게 기침을 한다. 마스크 위로 모자까지 푹 눌러쓴 뒤에 소리가 나지 않도록 조심스럽게 트렁크를 닫는다. 선팅을 진하게 한 뒤 유리에 비친 내 모습은 뉴스에서 많이 보던 누군가를 닮았다.

동이 트지 않은 새벽, 나는 배트를 들고 저 멀리 보이는 희미한 불빛을 향해 걸어간다. 그리고 생각한다. 이 모든 게 택배 때문이라고.

아내에게 택배가 오기 시작한 것은 석 달 전쯤부터였다.
―내가 이거 좋아하는 거 어떻게 알았어?

일을 하고 있는데 카톡이 왔다. 내가 '뭐가?'라고 답을 보내자 아내는 갈색 개가 음흉하게 웃는 이모티콘을 보내왔다. 웬 연필 사진과 함께였다.

—고마워, 잘 쓸게.

망설이다가 나는 응,이라고 답장했다. 그게 시작이었다.

그 뒤로 아내의 회사로 1, 2주에 한 번씩 다양한 물건이 배달됐다. 립밤부터 파우치, 핸드크림, 드립 백 커피, 책까지. 공통점은 없었다. 보내는 사람 이름이 매번 바뀐다는 점만 빼고. 아내는 그걸 나로 확신하고 있는 듯했다. 밥 먹다가 뜬금없이 그래서 다음엔 뭘 보낼 건데?라고 묻거나, 밤늦게 같이 텔레비전을 보다가 광고에 나오는 물건을 보고 팔꿈치로 나를 툭툭 치기도 했다. 얼떨결에 한 대답 때문에 나는 거짓말을 계속 반복해야 했다. 처음에는 호기심이었지만 점점 두려운 마음이 커졌다. 대체 누구지? 누가 이런 짓을 하는 거지? 안 그래도 요즘 아내가 시작한 직장인 브이로그 유튜브 채널 때문에 간혹 인스타그램으로 메시지를 보내는 남자들이 있다는 얘기가 신경 쓰이던 참이었다. 그렇다고 솔직하게 내가 아니라고 말하는 건 내키지 않았다. 아내는 그게 나라고 믿고 있지 않은가. 아내의 환상이 깨지면 그때부터는 피곤한 일들이 시작될 것 같았다.

한동안 누구한테도 이 얘길 하지 못하다가, 오랜만에 만난 야구팀 절친에게 무심코 사정을 털어놓았다. 녀석은 나초를 집어 먹으며 듣는 둥 마는 둥 하더니 물었다.

"그래서 누구라고 생각하는데? 진짜 택배를 보내는 사람."

"모르지. 와이프한테 흑심 품은 놈?"

"꼭 그럴까?"

내가 쳐다보자 녀석은 나초에 살사소스를 잔뜩 묻혀서는 내 눈앞에 대고 흔들었다.

"널 좋아하는 여자일 수도 있지."

돌아오는 지하철에서 그 말이 머리에 껌처럼 달라붙어 떨어지지 않았다. 겨우 맥주 몇 잔을 마셨을 뿐인데 머리가 아팠다. 열차가 지나는 다리 밑으로 보이는 강물이 평소보다 더 어둡고 깊게 느껴졌다. 그 안에 뭔가 숨어 있기라도 한 것처럼.

선을 넘었다고 생각한 건 어제 도착한 마지막 택배 때문이었다. 와, 이거 받아도 돼? 아내의 카톡 밑에 첨부된 사진 속에는 반지가 보였다. 반지 가운데서 뭐가 반짝거렸다. 대박. 이걸 프러포즈 때 안 주고 결혼 3주년에 준다고? 민트 박스 실화? 아내는 짧은 메시지를 연속해서 보내왔다. 약간 흥분한 상태로 보였다. 내 심장은 브레이크를 급히 밟은 듯 철렁 내려앉았다. 왜냐하면 사진 속 반지는 내가 3년 전 잃어버린 거였으니까. 반지 뒷배경으로 잡힌 민트색 쇼핑백에는 익숙한 이름이 새겨져 있었다. 'TIFFANY & Co.'.

아내와 결혼하기 전 나는 근사한 프러포즈를 하기 위해 골머리를 앓고 있었다. 그때나 지금이나 아내는 뭔가를 직접 말하는 스타일이 아니었다. 은근하게, 에둘러, 그래서 때로는 나를 미치게 만드는 방식으로 나에게 무언가를 전달했다. 프러포즈도 마찬가지였다. 아내는 절대 그 단어를 입에 올리지 않았다. 만약 내가 아무것도 하지 않고 결혼식장에 들어간다면 아마 내 앞에는 레드카펫 대신 자갈 가득

한 비포장도로가 나를 기다리고 있을 게 분명했다.

한 달 정도 미친 듯이 서치하고 고민하다 보니 어느덧 물리적인 시간이 얼마 남지 않는 지경에 이르렀다. 레스토랑을 통째로 빌려서? 한강 유람선에서? 5성급 호텔 스위트룸에서? 망설이고 주저하다가 결국 때를 놓치고 강원도에 있는 이름 없는 펜션을 빌렸다. 그나마 여름 성수기라서 방이 남은 곳이 별로 없었다. 예약 가능한 펜션 중에서 제일 괜찮아 보이는 숙소를 고르긴 했지만 아내의 까다로운 감식안을 통과할지는 미지수였다. 장고 끝에 악수 둔다는 게 이런 건가. 마음이 계속 불편하고 꺼림칙했다. 나는 대신 반지에 힘을 줘야겠다고 생각했다. 원래 생각했던 프러포즈용 실반지가 아니라, 아내가 은근슬쩍 이야기한 적 있는 민트색 브랜드에서 제대로 된 반지를 사기로 마음먹었다

오후 반차를 내고 평일 낮에 시내 백화점에 들어서니 기분이 묘했다. 아무도 없을 줄 알았는데 꽤 많은 사람이 백화점에서 유유자적 쇼핑을 즐기고 있었다. 딴 세상 같은 그곳에서 나는 뭔가 억울한 기분으로 두리번거리다가 마침

내 찾던 매장을 발견했다. 티파니.

프러포즈용 반지를 사러 왔다는 말이 끝나기도 전에 직원은 다 알고 있다는 듯한 표정을 지었다. 그러고는 가장 많이 찾으시는 제품이라며 반지 하나를 내왔다. 조그마한 원 위에 세상에서 가장 귀하고 단단한 돌멩이가 귀엽게 붙어 있었고 아래에는 귀엽지 않은 가격이 적혀 있었다. 490만 원. 나는 그 영롱한 보석 반지를 눈높이까지 들어보았다. 빛이 통과하는 자리마다 잘게 잘린 다른 면들이 반짝였다. 그러고 보니 다이아몬드를 실제로 본 적이 있었던가?

"아름답죠? 지금 보시는 반지는 3부 6프롱인데요, 이런 모양을 '티파니 세팅'이라고 부른답니다. 고유명사가 대명사가 되어버린 셈이죠."

하얀 장갑을 낀 직원이 말했다. 그럼요, 알고 말고요. 티파니 세팅이란 여섯 개의 발이 다이아몬드를 받치고 있는 형상이라는 사실을 나는 어젯밤 웨딩 준비 블로그에서 배웠다. 같은 값이면 종로 금은방에서는 0.3캐럿이 아니라

1캐럿 이상의 다이아몬드를 살 수 있다는 사실도.

"주세요."

나는 조심스럽게 반지를 내려놓으며 말했다. 할부는 12개월이었다.

펜션에 도착했을 때 아내, 아니 여자친구는 자고 있었다. 주차를 하고 잠깐 숨을 고르며 오늘 저녁에 일어날 일들을 그려보았다. 바비큐를 마치고 여자친구가 씻고 있을 때 벽에 준비해 온 사진들을 걸고, 바닥에 장미꽃잎을 뿌리고, BGM으로 골라 온 발라드를 튼 다음, 하트 모양으로 켠 촛불 가운데 민트색 박스를 놓는다. 어려울 건 없었다. 하지만 잠시 후 그녀가 깨어나면서부터 짜증을 내고, 한여름에도 비니를 쓰고 있는 주인아주머니를 심하게 싫어하며, 배정받은 객실을 마음에 들어 하지 않을 거라는 걸 그때는 전혀 알지 못했다.

결국 펜션 한쪽의 바비큐 전용 공간에서 시작된 저녁 식사는 처음부터 덜컹거렸다. 아내는 잔뜩 찌푸린 얼굴로 맥주부터 마셔댔고, 바람이 너무 불어서 나는 연기를 맞느라 고기를 제대로 구울 수 없었다. 기침하고 고기 굽고를 반복하다 보니 고기가 거의 타버려서 나중에는 검은 부분을 가위로 잘라내느라 손아귀가 심하게 아팠다. 여자친구를 봐서나 나를 봐서나 계획대로 오늘 밤에 프러포즈하는 건 불가능해 보였다. 차라리 내일 아침에 하자. 맨정신으로, 펜션에서 제공한다는 아메리칸 브렉퍼스트를 먹은 다음에, 커피 한 잔 들고 테라스에 앉아 여름 햇살을 맞으면서. 그렇게 생각하니 포기라는 단어의 무게가 조금은 가볍게 느껴졌다. 아내도 천천히 배가 불러오면서 기분이 좋아졌는지, 아니면 술기운이 올랐는지 조금씩 미소를 짓는 순간이 많아졌다. 몸을 움직일 때마다 주머니 속 각진 민트 박스가 자신의 존재를 일깨웠다.

홍이 오른 우리는 방에 들어가서 맥주를 조금 더 마시기로 했다. 아내가 먼저 들어간 사이 나는 주인에게 가서 맥주 네 병과 간단한 안줏거리를 부탁할 생각이었다. 막상 가보니 카운터에는 주인 대신 웬 젊은 여자가 앉아 있었다.

여자는 화가 난 사람처럼 무뚝뚝했기 때문에 나는 길게 대화를 나누지 않고 주문 내용과 호실만 알려주었다. 여자는 곧 방으로 가져다주겠노라고 했다.

방에 들어가자 술에 취한 여자친구가 나를 덮쳤다. 우리는 씻지도 않은 채 옷을 벗고 사랑을 나누었고, 바로 침대에서 곯아떨어졌다. 눈을 뜨니 다음 날 체크아웃 시간인 11시였다. 아메리칸 브렉퍼스트는커녕 추가 비용을 낼 판이었다. 우리는 서둘러 세수만 하고 펜션을 빠져나왔다. 서울에 돌아와서야 내가 반지를 잃어버렸다는 사실을 깨달았다. 도대체 언제 어디서 잃어버렸는지 짐작조차 되지 않았다. 처음부터 서울에서 빠뜨리고 간 게 아닌가 싶어 방을 몇 번이나 뒤집어엎었지만 반지는 어디에도 없었다. 당연히 여자친구에게는 절대 말할 수 없는 비밀이었다.

결국 일주일 뒤 나는 저렴하게 나온 68만 원짜리 특급 호텔 프러포즈 패키지를 예약했다. 거기엔 모든 것이 다 완벽하게 준비되어 있었다. 쓸데없이 펜션에 가서 낭비한 시간과 잃어버린 490만 원짜리 돌멩이를 생각하니 속이 쓰렸다. 그 반지 하나면 이런 호텔에서 일주일을 지낼 수도 있었을 텐데. 나는 종로 금은방에 가서 참새 눈물만큼 조그마한 다이아몬드가 붙은 반지를 새로 샀고, 그날 밤 욕조에서 거품 목욕을 하던 여자친구는 결혼해달라면서 내가 내민 손바닥 위의 반지를 바라보며 심드렁하게 대답했다.

뭐, 그러자.

지금 눈앞의 사진 속에 그때 내 속을 쓰리게 했던, 아니 나를 거의 미치게 했던 그 반지가 있었다. 나는 답장을 보냈다.

—3년 전 나를 선택해준 당신에게, 영원한 사랑을 담아.

아내는 하트에 눌려 기절한 오리 이모티콘을 보냈다. 이후 아내에게 오던 택배가 거짓말처럼 끊겼고 이상하게도 나는 앞으로도 다시는 택배가 오지 않을 거라는 어떤 확신을 느꼈다. 그건 아내에게나 나에게나 모두 잘된 일이었다. 반지를 찾았으니 이제 일상을 살아가기만 하면 된다. 모든 게 정상으로 돌아왔다. 그렇게 믿고 싶었다. 바로 어제, 아내와 다투기 전까지는 정말로 그랬다.

"왜 항상 자기 마음대로 하려고 해?"

주말에 본가에 다녀온 뒤였다. 손주는 언제쯤 볼 수 있는 거냐? 아버지가 밥 먹다 던진 말에 아내가 기분이 상한 모양이었다. 그래, 3년이면 신혼은 충분히 누리지 않았니. 엄마가 거드는 바람에 상황은 더 안 좋아졌다. 처음엔 심한 다툼은 아니었고, 어른들 이야기에 이런저런 생각이 들었다, 아이를 갖는 문제에 관해서 내 의견은 이렇다, 정도의 온건한 대화였다. 그러다 감정이 조금씩 격해지기 시작했다. 그때쯤 내가 잘 멈춰야 했는데 그러질 못했다. 그래도 낳으면 부모님이 많이 지원해줄 거다, 우린 낳기만 하면 된다, 하고 말한 게 화근이었다.

"낳기만 하면 된다고? 내가 무슨 자동판매기야? 돈 넣고 버튼 누르면 애가 나와?"

"그런 게 아니잖아. 부모님이 원하시고, 지원도 해주신다는 거 아냐. 왜 좋게 받아들이질 못해? 사사건건 시비야?"

"난 아냐. 당신 엄마 아빠한테도 분명히 말씀드려. 난 아이 원하지 않는다고."

당신 엄마 아빠? 그 말이 거슬려 나도 화를 내려는 순간, 아내의 새 티파니 반지가 눈에 들어왔다.

"반지 사줘봤자 얼마 가지도 않네."

그러자 아내는 자신의 손가락에 끼어 있는 반지를 한참 동안 내려다보더니 나를 향해 천천히 고개를 들어 올리며 말했다.

"이거?"

처음 보는 표정이었다. 비난과 멸시, 조롱과 분노가 한데 섞인 표정. 갑자기 소름이 끼쳤다. 사람의 얼굴근육 움직임만으로도 몸이 얼어붙을 수 있다니.

"솔직히 네가 아니잖아. 안 그래?"

아내는 입술을 파르르 떨더니 나를 세게 벽 쪽으로 밀쳤다. 작은 체구인데도 얼마나 체중을 실었는지 순간 넘어질 뻔했다. 그러고는 방으로 들어가 5분도 안 되어 캐리어를 끌고 집을 나가버렸다. 나는 혼란스러웠다. 뭐지? 방금 무슨 일이 일어난 거지?

정신을 차리고 전화를 걸었지만 아내는 받지 않았다. 아무렇게나 옷을 걸치고 1층으로 내려가 아파트 단지 안에 우리가 자주 머물던 벤치나 놀이터에 가보았으나 아내는 없었다. 지하 주차장에 내려갔더니 아내의 흰색 아우디가 보이지 않았다. 이 밤에 대체 어디로 간 걸까. 나는 조금 전까지 아내의 차가 서 있던 빈자리로 들어가보았다. 그곳이 마치 아내의 마음속이라도 되는 듯 머릿속에 두서없는 질문들이 떠올랐다. 아내는 왜 그런 반응을 보였던 걸까. 대체 반지는 누가 보낸 걸까. 처음부터 내가 놓친 게 있었나. 있다면 뭘까. 아내의 행선지처럼 답은 묘연했다. 어디선가 희미하게 가솔린 냄새가 났다.

2

예상 소요 시간: 1시간 45분

집 근처를 한참 빠져나오고 나서야 내비게이션에 목적지를 입력했다. 강원도 홍천군 세촌면. 심장이 아직도 느려지지 않고 있었다. 신호 대기에 걸렸을 때 나는 선바이저를 내려 거울을 열었다. 아직 화장을 지우지 못한 눈이 붉게 충혈되어 있었다. 침착해야 한다. 거울 끄트머리로 뒷좌석에 아무렇게나 던져진 캐리어가 눈에 들어왔다.

선바이저를 닫고 핸들 위로 손을 올리자 11시 방향의 왼쪽 손가락 끝에서 반지가 반짝거렸다. 다 저것 때문이야, 이 모든 게. 나는 반지를 빼서 오른손에 쥐었다. 둥글고 뾰족한 감촉이 동시에 느껴졌다. 왼손으로는 운전석 창문을 내렸다. 던져버려? 하지만 그 순간 초록불이 들어왔고 나는 반지를 다시 낀 채 가속페달을 밟은 발에 힘을 줬다. 풀린 것들과 풀리지 않은 것들에 관해 생각했다. 머릿속이 복잡했다. 생각을 정리할 시간이 필요하다. 어디서부터? 그래, 택배에서부터.

회사에 도착한 첫 택배를 열었을 때부터 나는 남편이 그걸 보내지 않았다는 걸 알고 있었다. 팔로미노 블랙윙 602. 남편은 세상에 그런 연필이 존재한다는 사실도 모르는 사람이었다. 미안하지만 취향은 계발되는 거고, 남편은 취향에 있어서 황무지나 다름없는 인간이었다. 나쁜 사람이라는 건 아니다. 그냥 그런 인간이라는 거다. 맥도날드를 좋아하는 건 취향이지만 그게 세상에서 가장 맛있는 음식이라고 생각하는 건 착각이다. 취향에는 우열과 위계가 있다. 세상에는 고급의 취향과 저급의 취향이 존재하고 둘은 절대 같지 않다. 요즘은 다들 이런 말을 입 밖으로 내기 꺼리지만, 그렇다고 맥도날드와 USDA 프라임 등급 스테이크가 같아질 수는 없다. 여기에 콩고기 스테이크까지 등장하면 문제는 더 복잡해지고.

아무튼 내가 좋아하는 그 회색 연필을 받은 순간부터 나는 이걸 누가 보냈을까 궁금해하기 시작했다. 보낸 사람 이름이 누가 봐도 가짜였기 때문이다. 예전 남자친구 중 하나일까? 옆 팀의 한 대리일까? 아니면 전혀 모르는 사람? 유튜브에서 댓글 달던? 인스타그램에서 DM 보냈던? 연필을 깎으며 그게 누구든 뭐 어떠냐는 생각이 들었다. 자신을 드러내는 어떤 정보도 없는 선물이라면 받아서 나쁠 게 뭐 있겠어. 어쨌든 수취인은 명확하니까. 나는 기념으로 소포 사진을 한 장 찍었다. 그때까지는 앞으로 그게 일종의 루틴이 될 거라는 걸 까맣게 모르고 있었다.

택배는 불규칙적으로 배달됐다. 보내는 사람 이름과 주소는 늘 랜덤으로 바뀌었다. 어느 날은 서울시 동대문구에 사는 김현철 씨였다가, 충남 아산에 사는 현민구 씨, 부산 동래구에 사는 오지은 씨이기도 했다. 모두 꾸며낸 주소와 가짜 이름이었다. 마지막에는 약간 소름이 끼쳤는데, 거기엔 서울 노원구에 사는 이수진 씨, 그러니까 정말 내 이름이 적혀 있었기 때문이었다. 그건 마치 과거의 내가 지금의 나에게 보내는 선물처럼 느껴졌다.

중간중간 남편과 역할 놀이를 하는 것도 재미있었다. 다음엔 뭐 줄 건데? 뻔히 알면서도 나는 불시에 남편을 떠보는 척하곤 했다. 진실을 알고 있지만 거짓을 말하는 상대를 바라보는 일은 일종의 엔터테인먼트다. 물론 남편이 노력한 건 사실이다. '보낸 자'이면서 동시에 '보내지 않은 자'로 보이기 위해 애쓰는 모습이란 우스운 걸 넘어서 애처롭

기까지 했다. 그건 결코 쉬운 연기가 아니었다. 입체적인 캐릭터여야 하니까.

책을 받았던 날이었나? 그날은 다음 날 올릴 광고 카피 시안 때문에 야근하던 밤이었다. 도착한 책의 제목은 『아이 없는 완전한 삶』이었는데, 그건 실제로 내가 이용하는 인터넷서점 장바구니에 몇 년째 들어 있는 책이기도 했다. 물론 장바구니에는 2백 권 가까운 책이 들어 있으니 우연의 일치라 할 수도 있겠지만 그래도 마치 누군가 내 장바구니를 훔쳐보는 듯한 기분이 들어 썩 유쾌하진 않았다. 아무도 없는 사무실은 고요했다. 저녁 먹으러 나간 팀원들이 맥주 한 잔씩까지 걸치고 돌아오려면 앞으로 한 시간은 더 걸릴 터였다. 나는 먹고 있던 배달 죽을 옆으로 치우고 휴대폰에 찍어놓은 택배 사진들을 회사 컴퓨터로 옮겨 열었다.

커다란 모니터에 택배 사진들을 띄워놓고 경쟁 PT 자료를 검토하듯 하나씩 자세히 들여다보니 전에 보지 못했던 부분이 눈에 들어왔다. 예를 들어 어떤 물건을 집어넣든 늘 똑같은 황색 각봉투를 사용한다든지, 포장 테이프를 강박적으로 보일 만큼 지나치게 둘러놓았다든지, 인쇄지나 스티커를 사용하지 않고 손으로 글씨를 쓴다든지 하는 것들. 하지만 그것만으로 보낸 사람을 특정하기는 어려웠다. 그제야 오른쪽 위를 확대해서 살펴볼 생각을 했다. 우체국 소인. 왜 진작 이것부터 확인하지 않았을까? 보이는 주소가 달랐기 때문에 눈여겨보지 않았던 걸까? 확인해보니 서울 동대문구에서 보낸 소포도, 충남 아산에서 보낸 소포도, 부산 동래구에서 보낸 소포도 모두 같은 우체국 소인이 찍혀 있었다.

세촌우체국.

이름이 낯익다고 생각하며 검색창에 세촌우ㅊ……까지 치는데 순간 머릿속에 그 이름의 정체가 떠올랐다.

달리는 차의 속도가 150까지 올라갔다. 양양고속도로에 진입한 지 30분째. 이제 마지막 경로인 설악로로 빠질 때까지는 13킬로미터밖에 남지 않았다. 나는 휴대폰 내비게이션 아래쪽에서 순서대로 변하는 이름들을 지켜보았다. 출발 지점, 서울 노원구. 지금 위치, 서울-양양고속도로. 도착 지점, 세촌초등학교. 그건 마치 내 인생을 거꾸로 되짚어 돌아가는 기분이 들게 했다. 기분 더럽네. 나는 속도를 더 높였다.

잘나가던 아버지의 사업이 IMF 때문에 부도를 맞자, 강남 한복판에 살던 우리 집은 살림살이를 모두 정리해서 당시 친할머니가 살던 강원도 홍천으로 이사를 해야 했다. 말이 이사지 거의 피난이나 도주라는 표현이 더 어울리는 퇴장이었다. 8학군에서 초등학교를 다니던 나는 졸지에 시골 학교의 전학생이 되었다. 한 반에 10여 명밖에 되지 않는 시골 아이들은 서울에서 온 나를 원숭이 보듯 바라보았고, 나는 그들 중 하나가 되는 게 죽기보다 싫었다. 매일 아침 학교에 가지 않겠다고 엄마와 울며불며 싸우는 게 일상이었다.

전학 간 지 석 달도 지나지 않았을 무렵 서울에서 광고 촬영팀이 내려온 적이 있었다. 무슨 광고인지는 몰랐지만 나는 서울에서 사람들이 왔다는 사실만으로도 흥분했다.

마치 서울 사람들이 다 내 친구라도 되는 듯이. 어딘지 모르게 자유롭고 세련된 옷차림의 낯선 사람들이 시커먼 촬영 장비를 들고 운동장을 휘젓고 다니는 걸 교실에서 바라보고 있자니 얼굴이 붉어지고 겨드랑이에서 땀이 났다.

촬영팀은 여자주인공 역할을 할 아이를 찾는다고 했다. 얼마 되지 않는 전교생이 운동장에 모였고 감독인지 하는 남자가 돌아다니면서 아이들 얼굴을 확인했다. 발걸음 소리가 다가올수록 머릿속이 하얘졌다. 남자는 새침하게 서 있던 나를 보더니, 너 얼굴 좀 옆으로 돌려봐, 하면서 뺨에 손을 올려 고개를 억지로 돌렸다. 순간 얼굴이 발갛게 달아오르면서 수치심 비슷한 감정이 솟아올랐지만 내 본능은 참아야 한다고 말하고 있었다. 선택되려면 참아야 해. 가만히 있어.

그때 내 선택 때문일까?

나는 여자주인공으로 뽑혔고 일사천리로 촬영이 진행됐다. 시간 낭비하지 마. 예산이 넉넉지 않아 1박 2일로 빨리 찍고 가야 한다고 누군가 말했다. 선글라스 낀 사내가 선생님들에게 봉투를 건넸다. 광고 콘셉트는 황순원의 소설 「소나기」였다. 산골 소년 소녀의 순수한 사랑. 다른 점이 있다면 결말에서 소녀가 죽지 않고 소년을 남겨둔 채 시골 학교를 떠난다는 거였다. 남자주인공은 서울에서 촬영팀과 함께 내려온 멀끔한 남자애였는데, 자기가 이미 슈퍼스타라도 된 듯 촬영을 하다 잠깐 쉴 때면 간이 의자에 앉아 휴대용 게임기만 들여다보았다. 엄마처럼 보이는 여자가 그 애 옆에 계속 붙어 있었다. 감독의 스탠바이 사인이 나면 아이는 엄마가 들어주는 거울을 보며 단정했던 머리를 일부러 헝클어뜨렸다. 여자주인공이 학교를 떠나는 마지막 장면을 촬영할 때는 학교 아이들 전부가 엑스트라로 출연했다. 시커먼 얼굴의 아이들 속에 멀쩡게 튀는 남자주인공은 안약 없이도 눈물을 곧잘 흘렸다.

완성된 광고를 따로 보내주겠다던 촬영팀은 약속을 지키지 않았다. 내가 소식을 묻자 선생님은 좋은 경험 했으면 됐지 뭘 궁금해하냐고 핀잔을 주었다. 결국 나는 몇 달 뒤 어느 저녁 텔레비전에서 내 얼굴을 확인하고 말았다. 학교 근처의 언덕과 개울을 배경으로 잉글랜드 댄 앤드 존 포드 콜리의 〈저스트 텔 미 유 러브 미〉가 깔리면서 나와 남자아이가 등장했다. 그 애가 나를 업고 개울을 건너는 장면도, 꽃반지를 만들어 손가락에 끼워주는 장면도 현실과는 동떨어질 정도로 예쁘고 아련하게 보였다. 걔가 나를 제대로 업지 못하고 손을 놓치는 바람에 내가 개울에 빠져 울었던 일이나 현장에서 만든 꽃반지 모양이 맘에 안 든다며 소품 스태프에게 쌍욕을 하던 감독의 쇳소리 같은 건 없었다. 화면 속 내가 시골 학교를 떠난 뒤 장면은 어른이 된 두 사람 집에 함이 들어오는 모습으로 바뀌었다. 왁자지껄한 축제 분위기 속에서 남자는 여자를 뒷마당으로 불러내 손가락에 반지를 끼워준다. 오래전 산골에서 끼워주던 꽃반지가 그 위로 겹친다. 그리고 내레이션. 넌 언제나 내 마음속에 변하지 않는 빛이었어. 이 다이아몬드처럼.

아마도 그때였던 것 같다. 이곳을 벗어나야겠다고 결심한 건. 여기 남겨져서는 안 된다. 서울에 가야 한다. 그 순간부터 광고 속 내 모습을 정말 나라고 믿고 따르게 됐다.

서울에 가면 언젠가 내 손에 다이아몬드 반지를 끼워주면서 넌 언제나 나의 빛이었다고 고백할 누군가를 만날 수 있을 것만 같았다. 그리고 나는 정말로 1년 만에 그곳을 벗어났다. 아빠의 필사적인 재기 덕분이었다. 하지만 아빠만 노력했던 건 아니다. 그곳을 벗어나기 위해서는 가장 간절하고 순수한 누군가의 마음이 필요했고, 지금까지도 그건 바로 내가 품었던 마음이라고 나는 굳게 믿고 있다.

아직도 가끔 그 순간, 그 감촉을 떠올릴 때가 있다. 해가 높이 떠 있는 오후의 운동장에서 처음 보는 낯선 남자가 내 뺨을 만지는 느낌. 억지로 내 얼굴을 돌려 다른 곳을 바라보게 하는 힘. 그건 종종 운명의 거친 손가락으로 기억됐다. 나는 그 손가락을 받아들였고 그래서 이후 내 삶은 전혀 다른 방식으로 펼쳐졌다고 믿어왔다. 일상에 지쳐갈 때마다 나는 스스로 묻곤 했다. 아직 나에게 그런 용기가 남아 있나?

하지만 이제 그 장면은 다르게 읽힌다. 내가 운명이라고 착각했던 그 손가락은 일종의 폭력이었고, 그렇다면 내가

해야 했던 일은 그 손길을 거부하는 게 아니었을까? 가만
히 있다가 선택된 '여자주인공'이 아니라, 운동장을 빠져나
와 있는 그대로의 나 자신으로 남았어야 하지 않았을까?

　세촌초등학교 앞에 도착했을 때 예상대로 학교 문은 잠
겨 있었다. 헤드라이트를 켠 채 내려서 철문 사이로 학교
안을 들여다보았다. 어렸을 때는 정말 넓다고 생각했던 운
동장인데 지금 보니 작고 보잘것없었다. 미니어처 같은 축
구 골대와 철 지난 철제 운동기구 몇 개만 덩그러니 남겨
진 을씨년스러운 공간은 마치 내가 버리고 온 나 자신 같
았다.
　암울했던 1년을 보내고 서울로 돌아온 뒤 나는 조금 다
른 인간이 되었다. 어떻게든 가운데에서 밀려나지 않으려
고 노력했고 빛나는 거라면 뭐든 손에 넣었다. 다이아몬드
가 되어야겠다는 생각뿐이었다. 그래서 남편도 그런 사람
을 만나려고 했다. 보석 감별하는 기분으로 백 번 넘는 소
개팅에 나갔다. 횟수 세기를 포기했을 때쯤 만난 남편은 꽤

그럴듯해 보였다. 사업하는 집의 외아들. 키 크고 멀끔한 대기업 사원. 그는 내가 만날 수 있는 최대한의 다이아몬드 같았다. 하지만 막상 같이 살아보니 화려해 보이던 시가의 사업은 위태위태했고 재산의 태반은 부채였다. 남편은 잘 씻지 않았고 센스가 떨어졌으며 회사에서는 일머리가 부족했다. 그는 다이아몬드가 아니라 큐빅이었다. 결혼 초기 남편과 다툴 때마다 나는 이 남자와 왜 같이 살아야 하는지를 고민하곤 했다. 하지만 이제 나는 안다. 실은 나도 마찬가지라는 걸. 결과적으로 내 인생은 다이아몬드가 되고 싶었지만 큐빅이라는 걸 확인하는 지난한 과정에 불과했다. 큐빅이 큐빅을 알아본 것이다. 광고는 가짜였다.

학교를 등지고 길 쪽으로 걸어 나왔다. 우체국은 학교 바로 맞은편에 있었다. 내일 아침 문을 여는 대로 찾아가 CCTV를 보여달라고 할 것이다. 보여주지 않으려 하겠지만 다 방법이 있다. 나는 지금 스토킹을 당하고 있고 경찰에게 제출할 증거자료가 필요하다, 서울에서 지금 몇 시간을 내려왔는데 안 보여주면 나중에 변호사 대동하고 와서

책임 추궁하겠다, 한바탕 난리를 쳐야겠지.

우체국 앞에 가만히 서 있자 찬바람에 소름이 오스스 돋았다. 차로 돌아와 열선시트를 켜고 근처의 하룻밤 묵을 만한 곳을 검색하니 여관 두 개, 찜질방 하나, 펜션 하나가 나왔다. 그래도 펜션이 낫겠지. 찜질방이나 여관에서 자기는 싫었다. 무엇보다 화장실이 급하고 배가 고팠다. 나는 내비게이션을 켜고 '쓰리 빌리지 펜션'으로 차를 몰았다.

펜션 주인이 냄새나는 아저씨면 어떡하나 걱정했는데 다행히 젊은 여자가 맞아주었다. 투숙객이 많지 않은 건지 방음이 잘되는 건지 펜션 안은 고요하다 못해 적막했다. 펜션은 다 똑같이 생겼구나, 생각하며 카운터에 생맥주와 치킨을 부탁했다. 열쇠를 받아 '쥬얼리'라는 이름의 방에 들어가서 볼일을 해결한 다음 일단 누웠다. 방 이름이 대체 왜 쥬얼리일까 곰곰이 생각하다가 문득 일어나보니 구조와 색깔이 어딘지 낯익었다. 전에 와본 적이 있었던가? 결혼 전 남편과 강원도 펜션에 몇 번 방문한 적이 있다. 어쩌면 그중 하나일 수도 있을 테다. 대개는 서둘러 먹고 씻고 자느라 어디가 어딘지도 몰랐지만 말이다. 그러고 보니 특이했던 펜션이 있었다. 아는 사람이 주인이었던 곳. 맞다. 그게 여기였나? 학교 근처에서 자주 봤던 여자. 애들이 너네 엄마 왔대,라고 불러서 교실 뒷문에 가면 도시락이 담긴 보자기를 들고 나를 맥없이 바라보던 여자. 나와 이름이 같았던 동급생의 엄마. 그 여자가 주인이었다. 병자처럼 어울리지 않는 비니를 쓰고 귀신 같은 얼굴로 맞아주던, 그런 펜션이 있었다. 그것 때문에 기분이 나빠져서 처음부터 끝까지 망쳐버렸던 어느 여행에까지 기억이 이르자 갑자기 소름이 끼쳤다. 하지만 분명 이름이 달랐던 것 같은데?

그때 노크 소리가 들리고, 젊은 주인이 맥주와 치킨을 들고 들어왔다. 나는 눈을 맞추지 않은 채 작은 소리로 고맙다고 말했다. 그녀가 어서 나가주기만을 기다리면서. 그러나 문을 향해 몇 걸음 나던 소리가 멈추고, 어색하게 맥주를 한 모금 마신 내가 문 쪽으로 고개를 돌리자 여자는 싱긋 웃으며 말했다.

"혹시…… 저 알아보시겠어요?"

3

들려?

내 목소리가 잘 들리는지 모르겠네. 사실 안 들려도 상관
없긴 해. 지금부터 할 얘기는 너에게 중요하다기보단 나에
게 중요한 거니까. 조금 몽롱할 수 있어. 그냥 숙면한다 생
각해. 어차피 잠 한번 푹 자보는 게 네 소원이었잖아? 유튜
브 영상마다 다크서클를 이야기하던데.

이렇게 다시 만나다니, 뭐랄까, 이런 말을 해야 할 것 같
아. 반갑다 친구야. 내가 손을 펴서 내밀면 너도 받아줄래?
옛날에 그 프로 볼 때는 친구인 듯한 사람들이 손 거두면
서 처음 뵙겠습니다, 하는 게 엄청 얄미워 보였는데. 너도
그럴 건 아니지? 우린 친구잖아. 아니, 친구였잖아. 아니,
그것도 싫다면, 학교를 같이 다닌 적이 있잖아. 그것까지
아니라고 하진 못하겠지.

엄마가 죽었어.

물론 이게 다 너 때문이라고 말하려는 건 아냐. 사람이 뭐 누구 때문에 죽나. 간혹 그러기도 하지만 엄마는 그냥 병이었어. 난소암. 날이 갈수록 배가 나오는 엄마에게 다이어트 좀 하라고 핀잔을 준 건 나야. 엄마는 자주 배가 아팠고, 배가 딱딱했고, 뭘 제대로 먹질 못했어. 그게 다 잘못된 식습관 때문이라고, 살이 쪄서 그렇다고 말한 것도 나야. 그때로 돌아갈 수 있다면 나는 엄마가 죽기 전에 나를 죽였을 거야. 늦은 밤, 손님을 받을 수 없을 지경이 되어서야 엄마는 병원에 가자고 했지. 원래 운전은 엄마 담당이었기 때문에 나는 벌벌 떨면서 병원까지 차를 몰았어. 시골 밤길 운전도 무서웠지만 뒷자리에 탄 엄마가 가는 도중에 죽을 것만 같았거든. 막상 도착한 응급실에는 엄마를 봐줄 수 있는 의사가 없어서 우리는 새벽까지 뜬눈으로 기다렸어. 엄마는 아파서 못 잤고, 나는 화가 나서 못 잤지. 응급으로 환자를 봐줄 수 없다면 그게 왜 응급실이야? 시골은 그래도 되는 거야?

아침이 다 돼서야 제대로 된 의사라는 인간이 나타났어.

눈은 붉게 충혈되어 있고 입에서는 살짝 술 냄새가 풍겼지. 이것저것 찍고 뽑고 묻고 하더니 한참 뒤에 난소암 4기라고 하대. 간이랑 폐까지 이미 다 전이가 됐다고. 너무 늦게 왔다고. 입원해서 일단 상태를 보기로 했지만 엄마는 급속도로 나빠졌어. 그렇다고 바로 죽은 건 아냐. 결국 항암을 열 번 남짓 하고 죽었지. 지루한 시간이었어······. 집과 병원을 도돌이표처럼 왔다 갔다 했지. 머리카락은 다 빠지고, 늘 토하고 설사하고, 누워 있는 엄마는 이미 죽은 게 아닐까 싶을 정도였어. 아침마다 엄마 손톱 발톱이 또 떨어져 있는 건 아닌가 침대 주변을 살피는 게 일이었으니까.

근데 참 웃긴 게, 그러다가 또 며칠 괜찮은 날이 있어. 그러면 엄마는 옷을 입고 비니를 뒤집어쓰고는 손님을 받는 거야. 난 그게 불만이었지. 하지만 엄마는 한 푼이라도 벌어야 약값에라도 쓴다며 그 난리를 쳤어. 침구를 정리하고, 방을 청소하고, 바비큐를 준비했어. 난 그 모습을 보는 게 너무 너무 너무, 정말 미쳐버릴 정도로 싫었지만 보다 보면 도와줄 수밖에 없었지.

그때 네가 온 거야.

내 기억에 그날은 손님이 많지 않은 주말이었어. 우리 펜션은 스키장 옆이라 스키 시즌이나 되어야 손님이 좀 많아지거든. 여름엔 그 정도로 붐비진 않지. 이 근처에 딱히 뭐 유명한 게 있는 것도 아니고, 소소하게 즐기러 오는 가족이나 연인, 뭐 그런 사람들 받는 거지.

넌 날 못 알아봤지?

이해해. 나도 널 처음부터 알아본 건 아니거든. 사실 너는 나랑 제대로 마주친 적도 없어. 넌 남자친구랑 떠드느라 나를 쳐다보지도 않았지. 아, 지금은 남편이려나?

평범한 연인들처럼 너희는 방을 잡고 바비큐를 했어. 넌 모르겠지만 그걸 세팅한 사람은 나야. 손님들이 잘 모르는 사실이 하나 있는데, 바비큐를 할 때 나는 건너편 방 창문에서 망원경으로 그걸 지켜보고 있어. 특별히 훔쳐보는 취미가 있는 건 아니야. 고객들을 모니터링하는 거지. 고기 굽는 사람이 주위를 두리번거리면 그건 뭐가 필요하거나 궁금하다는 소리거든. 그러면 나가서 우연인 척 지나가다가 문제를 해결해주는 거야. 자연스럽고 좋잖아?

그런데 그날 너희 커플 분위기는 썩 좋아 보이지 않았어. 정확히 말하면 좋아 보이지 않았던 건 너야. 남자는 고기를 구우면서도 이런저런 시도를 하는 것처럼 보였거든. 제스처도 크고, 많이 웃고, 네 눈치를 자주 보고. 근데 네가 안 받아주더라고. 그 상황 자체가 흥미로워서 나는 평소보다 더 집중해서 너희를 보고 있었어. 그러다가 어떤 표정을 봤는데, 그때 알게 된 거야. 아, 너구나. 이수진이구나. 물론 내가 이렇게 말하는 건 웃긴 일이야.

왜냐하면 나도 이수진이니까.

학교 다닐 때도 비슷한 표정을 본 적 있어. 그게 몇 년도였더라. 98년? 97년? 정확히는 기억이 안 나지만 어쨌든 20세기야. 나랑 똑같은 이름을 가진 애가 전학을 왔지. 걔는 처음부터 무표정이었어. 마치 자기가 와서는 안 될 곳에

온 사람처럼 굴었지. 예뻐 보였다는 건 부정하지 않겠어. 서울에서 왔고, 얼굴도 하얗고, 그땐 뭐라 설명할 말을 찾지 못했지만 뭐랄까, '분위기'가 우리랑은 달랐으니까. 머저리 같은 남자 새끼들이 말 한번 걸어보려고 쉬는 시간마다 그 애 주위에서 얼쩡거리는 게 꼴 보기 싫었던 건 분명해. 그 애는 그때마다 무표정해 보이면서도 실은 경멸하는 게 분명한 표정을 지었지. 그래, 내가 너를 알아보게 만든 바로 그 표정 말이야.

애들은 그 애를 이수진이라고 불렀어. 이상한 일은 아니야. 그게 너의 이름이었으니까. 하지만 나는? 난 네가 온 이후로 '짭수진'이 됐어. 이수진이 두 명 있으면 부르기 불편해서래. 있잖아, 인간이란 그렇게 악한 존재야. 누가 가르쳐주지 않아도. 나는 졸지에 내 이름을 뺏겨버렸지. 내가 뭘 잘못한 걸까? 바보같이 처음엔 그런 생각을 하기도 했어. 너를 무작정 미워하기도 했고. 그런데 시간이 지날수록 이상한 생각이 드는 거야. 서울에서 온 너는 예쁘고, 똑똑하고, 나보다 얼굴도 하얗고 키도 크니까. 어쩌면 '이수진'

이라는 이름은 나보다 너에게 더 어울리는 게 아닐까, 아니, 너에게만 어울리는 게 아닐까 하는 생각.

언젠가 학교에서 광고를 찍었던 적이 있어. 기억나니? 담임이 우리 학년 애들 전부를 땡볕 쏟아지는 운동장에 세워놨었지. 여자주인공 할 아이를 고르기 위해서라고 했는데, 그때 난 기분이 더러웠어. 우리가 무슨 시장통에 널려 있는 농작물이야? 지금 제일 맛있어 보이는 감자를 고르겠다는 거야? 가만히 서서 처음 본 누군가의 품평과 선택을 받는다는 거, 정말 이상하고 불쾌한 일이었지. 감독은 네 앞에 오래 머물렀고 그 순간 난 네 옆모습을 봤어. 우리랑 있을 때와는 너무나 다른 표정이었지. 너의 앙다문 입술과 또렷한 눈빛에서는 이제까지 본 적 없는 어떤 간절함마저 느껴졌어. 아니나 다를까, 감독은 너를 주인공으로 뽑더라.

너 빼고 남은 우리는 들러리였어. 스태프 중 한 명이 아이스크림을 사줬나? 쭈쭈바 같은 거. 그런 터무니없는 보상에도 애들은 그저 이런 기회가 주어졌다는 것만으로 신기해했지. 우리야 뒤에 우르르 나와 병풍 역할만 했지만,

너는 서울에서 내려온 잘생긴 남자애랑 따로 촬영도 하고 기분 좋아 보이더라. 못 보던 얼굴과 표정이었어. 다음 날이었나, 촬영이 다 끝나고 스태프들이 장비며 도구 같은 것들 챙기느라 어수선할 때, 재밌는 광경을 봤어. 네가 남자애한테 쭈뼛쭈뼛 다가가더니 뭘 주는 거야. 자세히 볼 순 없었지만 아마도 편지 같은 거였겠지? 읽어보지 않아도 내용을 다 알 것 같은 그런 편지 있잖아. 함께 촬영해서 즐거웠고 서울 가서도 계속 연락하고 내 전화번호는 뭐고…….

편지를 건네자마자 너는 뒤돌아 뛰기 시작했고 멀리서 지켜보던 나는 봤어. 남자애가 그 쪽지를 펴보지도 않고 엄마에게 주고 엄마는 다시 그걸 운동장 구석의 초록색 철제 쓰레기통에 던져 넣는 걸. 아마 전화는 걸려오지 않았을 거야. 너는 기다렸을지 모르지만. 그렇지?

다음 해였나, 네가 서울로 떠난 뒤 나는 모든 게 제자리로 돌아올 거라 생각했어. 그렇잖아. 그런 기대 정도는 가질 수 있는 거잖아. 이제 다 됐다. 전부 끝났다. 안도했지. 근데 네가 사라진 뒤에도 아이들은 나를 짭수진이라고 부르더라? 내가 왜 짭수진이냐는 항변은 쉽사리 무시됐지. 네가 어떤 세계 속으로 돌아갔는지는 모르지만 내가 살던 세계에서는 여전히 너의 자리를 남겨두고 있었어. 있지, 그때부터 나는 실체도 없는 너와 싸워야 했던 거야. 보이지 않는 그림자와 싸우는 기분을 아니? 나는 아주 오랫동안 영원히 이길 수 없는 싸움을 해야만 했어.

그러니 내가 널 다시 발견했을 때 어떤 기분이 들었겠어?

짜릿했지. 내가 어둠 속에서 상상만 해오던 일이 눈앞에 펼쳐졌으니까. 넌 그대로인 것 같았고, 그 사실이 날 더 기쁘게 했어. 알아. 네가 나한테 특별히 무슨 잘못을 한 게 아니라는 걸. 근데 있잖아, 어떤 사람은 존재 자체로 상처가 돼. 그날도 너는 나에게 그런 짓을 했지.

바비큐를 마치고 뒷정리도 하지 않은 채 너희는 방으로 들어갔어. 그것까지 뭐라고 하는 건 아냐. 열이면 아홉은 그런 식이니까. 카운터에 앉아 있는데 너랑 같이 온 남자가 달뜬 얼굴로 오더니 맥주와 마른안주를 주문하더라고. 나는 오징어를 굽고 냉장고에 넣어둔 맥주를 꺼내 너희가 묵는 방으로 갔지. 지금 네가 있는 '쥬얼리' 룸으로 말이야.

노크해도 안쪽에서는 답이 없었어. 몇 번을 계속하다가 무슨 소리가 나는 것 같아 귀를 대고 들어보니 신음이 흘러나오고 있었지. 조심스럽게 시작된 신음은 곧 조금씩 그리고 격렬해지더라. 나는 초대받지 못한 손님처럼 그대로 문 앞에서 맥주와 오징어를 들고 서 있었어. 얼마쯤 지났을까? 맥주병에 맺힌 물방울이 내 손을 타고 흘러내렸지. 시원하기도 하고 간지럽기도 하고 징그러운 벌레 같기도 한 감촉이 느껴졌어. 너희가 내는 짐승 같은 소리, 얼핏 들으면 누가 누구를 괴롭히는 듯한 소리, 고통스러운 신음 같은 그 소리도 쉬지 않고 들려왔지. 마지막에는 네가 짧게 소리를 질렀던 것 같아. 그 소리가 마치 시합의 종료를 알리는 휘슬처럼 들려서 나는 맥주와 구운 오징어를 문 앞에 내려놓았어. 그리고 문을 작게 한 번 두드리고 돌아갔지.

다음 날 너희는 늦게까지 일어나지 못했어. 체크아웃 시간에 맞춰 허겁지겁 나갔더라. 부엌에서 미리 준비해둔 토스트가 차갑게 식어가는 동안 나는 청소를 하러 들어갔어. 예상대로 방은 엉망이었고 침구는 일반 세탁이 아니라 살균 소독을 해야 할 정도였지. 청소기를 돌리다가 침대 밑에 떨어져 있는 작은 상자를 발견했어. 열어보니 반지가 들어 있었는데 내가 살면서 본 반지 중에 제일 예쁘게 반짝거리더라고. 이걸 어떻게 해야 하나 싶었지만 일단 잘 챙겨두었지. 다시 찾으러 올 수도 있으니까. 정리를 다 하고 보니 방마다 있는 공용 컴퓨터마저 꺼놓지 않았더라. 종료하려고 앞에 앉았는데 네 계정이 로그아웃되어 있지 않다는 걸 깨달았지. ID가 너무 너잖아. dltnwls0816. '개인정보 관리'에 들어가서 눈 모양 '암호 보기' 아이콘을 누르는 순간 가려졌던 동그라미들이 반짝거리며 본모습을 드러냈어. diamondsujin. 다이아몬드 반지를 찾았을 때보다 더 짜릿한 순간이었지. 처음에 나는 로그아웃 버튼을 누르려다가 멈칫했고 그다음에는 암호를 바꿔버릴까 하다가 그만뒀어. 둘 다 재미없잖아. 나는 그냥 그 아이디와 암호를 잘 적어두었어. 너랑 나는 똑같은 이수진이니까. 몇 년 지켜보니까 넌 참…… 암호를 안 바꾸더라.

소포를 보내야겠다고 생각한 건 엄마가 죽고 난 다음이었어. 마음이 허전하기도 하고 할 일이 없기도 했고. 널 괴롭히려는 건 아니었어. 일종의 초대장이랄까? 네 장바구니에 오랫동안 들어 있던 물건들을 하나씩 사서 보내기 시작했지. 반지를 보낼 때까지 찾아오지 않다니 조금 실망이야. 그건 정말 정말 최후의 힌트였는데. 난 네가 훨씬 더 빨리 알아챌 거라 생각했거든. 넌 똑똑하니까. 이를테면 첫 번째로 받은 연필에서부터 말이야. 감이 안 와? 흑연은 다이아몬드랑 똑같은 탄소로 이뤄져 있잖아. 원자가 같다고. 하지만 하나는 흑연이고 하나는 다이아몬드지. 너랑 나처럼……. 연필을 봤으면 나를 떠올렸어야지.

목이 말라?

아냐, 아직은 아냐. 내 얘기를 더 들어. 아직 끝나지 않았으니까. 누가 그러더라. 어떻게 해도 삶은 계속된다고. 맞아, 그게 인생의 제일 개같은 지점이지. 계속되니까. 멈추지 않으니까. 선수인 내 의견 따위는 묻지 않으니까. 나한테 해피 엔딩이라는 게 있을까? 아마 없을 거야. 이 게임은 공평하지 않거든. 하지만 너한테는 가능하겠지. 넌 그래야만 해. 그러니까 너는 해피 엔딩을 향해 달려가야 한다고. 그게 네 의무이자 책임이야. 아이를 안 가지려고 해서도 안 되고 바람을 피우거나 요행을 바라거나 죄를 지어서도 안 돼. 너는 가장 모범적인 이수진이 되어야 해. 네가 늘 바라던 대로 흑연이 아니라 다이아몬드가 되어야 한다고. 다이아몬드가 흑연에서부터 만들어진다는 건 알지? 땅속 깊은 곳에서 뜨거운 열과 압력이 가해질 때 흑연을 구성하는 탄소 결합 구조가 바뀌는 거야. 내가 널 다이아몬드로 만들어줄게. 나는 틀렸지만 너는 될…….

4

여자가 쓰러지자 침대에 묶인 아내가 보인다. 나는 피 묻은 야구 배트를 던져버리고 아내에게 다가간다. 노끈과 테이프를 제거하자 아내가 물, 물,이라고 신음하듯 말한다. 냉장고에서 페트병에 든 생수를 찾아 아내에게 건넨다. 아내는 급하게 물을 들이켜고는 나에게 안긴다. 그리고 속삭인다.

"네가 죽인 거야."

순간 놀랄 틈도 없이 아내가 소리를 지르며 나에게서 떨어진다. 쓰러져 있던 여자가 부르르 몸을 떨며 일어나려 하고 있다. 아내는 침대맡에 있던 베개를 들고 내려가더니 여자 얼굴에 대고 누른다. 무릎으로 고정해서 움직일 수 없게 만든 다음 위로 올라가 몸무게를 전부 싣는다.

"그만해."

마침내 더 이상 여자가 움직일 수 없게 되었을 때 내가 말한다. 아내는 베개를 다시 침대 위에 가지런히 가져다 놓는다.

펜션 밖으로 나오니 막 떠오른 해가 숲과 건물을 비추고 있다. 새소리와 곤충 소리가 비어 있는 아내와 나 사이를 채운다. 여전히 맴돌고 있는 타다 만 풀 냄새를 맡으며 우리는 주차장으로 걸어간다. 지금 맡으니까 탄 냄새가 아니라 뭔가 썩고 있는 냄새 같다. 나는 주머니에서 마스크를 꺼내 쓴다.

"운전할 수 있겠어?"

아내의 차 앞에서 내가 묻는다. 아내는 땅바닥을 쳐다보며 고개를 끄덕인다. 각자의 차로 헤어지기 전 잠깐이지만 나는 아내의 손을 잡는다. 오돌토돌한 감촉이 느껴져 내려다보니 아내의 손가락엔 낯익은 반지가 끼워져 있다. 손을 올려 자세히 들여다본다. 아침 햇살이 촘촘히 반사되는 다이아몬드 사이로 또렷한 핏자국이 묻어 있다.

"이거……."

뭔가를 더 물으려다 말고 나는 소매 끝으로 붉은 얼룩을 닦는다. 아내는 고개를 들어 잠시 나를 바라보더니 이내 차에 타 시동을 걸고 출발한다. 아내의 차가 가솔린 냄새를 남기며 멀어지는 동안 나는 들고 온 배트를 세차 용품으로 깨끗이 청소한 다음 사회인 야구팀 가방에 넣는다. 가방에 새겨진 다이아몬드를 잠시 내려다보다가 왠지 꺼림칙한 기분이 들어 뒤로 돌려놓는다. 트렁크를 닫고 다시 아내가 떠나간 쪽을 바라보지만, 거기엔 이미 아무것도 없다.

미
래

멸종과 생존

8:20 AM

저녁에 아빠 북 토크 하는데 올래?

시리얼과 스크램블드에그를 넷이서 적당히 나눠 먹는 아침 식탁에서 나는 짐짓 아무렇지 않은 척 말한다. 초등학교 6학년 둘째가 나 갈래! 나 갈래! 소리치다가 제 엄마에게 제지당한다. 넌 오늘 영어학원 가야지. 올해 고등학교 2학년이 된 첫째는 식사를 마치고 양치를 하고 가방을 챙겨 나와 함께 집을 나설 때까지 아무 대답을 하지 않는다. 학교로 가는 차 안에서 아이는 피곤한 듯 내내 눈을 감고 있다. 내릴 때쯤 너무 학교 앞은 싫다고 해서 백 미터쯤 떨어진 외진 도로에 차를 세운다. 아이는 내려서 조수석 문을 닫으려다가 집에 뭔가 두고 온 사람처럼 말한다. 저녁엔 못 가. 학원 때문에.

차를 몰고 집으로 돌아오며 나는 괜찮다고 생각한다. 그런 제안을 한 건 오늘의 북 토크 장소가 10년 전과 같은 곳이기 때문이다. 그때 일곱 살이었던 아이는 아빠 수업에 가고 싶다고 행사 몇 주 전부터 노래를 불렀었다. 막상 북 토크에 와서 자신이 할 수 있는 일도, 알아들을 수 있는 얘기도 없다는 것을 알게 된 아이는 혹시나 해서 엄마가 챙겨 보낸 구몬 수학 학습지를 풀며 두 시간을 보냈다. 7+1, 7+2, 7+3…… 같은 문제들이 무한에 가깝게 반복되는 페이지들을 넘기며. 그리고 집에 돌아와 아이는 노란색 유치원 가방에서 구몬 학습지를 꺼내놓고 말했다. 아빠 수업이 세상에서 제일 재미없어.

1:30 PM

집에 돌아와 일단 다시 조금 자고 점심때가 지나 느지막

이 일어난다. 아내는 어디 갔는지 집에 없다. 몇 년째 바꿔야지 하면서도 계속 쓰고 있는 구형 아이폰 21을 손에 쥐고 배달 앱을 켠다. 동네에 새로 생긴 수제 버거집에서 햄버거를 시켰더니 10여 분 후 배달 로봇이 벨을 누른다. 얼마 전 도입됐다는 뉴스를 보긴 했지만 실제로 본 건 처음이다. 몸통 부분에서 아직 뜨끈한 햄버거를 꺼내자 위쪽 스크린의 눈동자가 웃는 모습으로 바뀐다. 앞으로는 더 익숙해져야 할 표정이다.

햄버거를 먹으며 태블릿으로 편집자가 미리 보낸 질문지를 훑어본다. 전에 편집자가 태어난 해가 2010년이라는 것을 알고 나도 모르게 흠칫 놀랐다가 사과한 적이 있다. 사실 내가 놀란 이유는 두 가지였다. 하나는 이제 편집자의 생년이 나와 30년 차이가 난다는 것. 또 하나는 우리 세대가 그의 세대의 두 배에 달한다는 것. 편집자는 집에 소장하고 있는 종이책이 채 스무 권도 되지 않는다고 말했다. 나는 실은 그가 우리 사회의 종이책이나 다름없다고 생각한다.

오늘 북 토크의 주인공이 될 책의 제목은『고급 한국어』
다. 2020년에『초급 한국어』가 시작되었으니 벌써 15년째
이 짓을 하고 있다. 속편이라는 것을 전혀 염두에 두고 있
지 않았던 출발점과 달리 어느샌가 나는 이 한국어 시리즈
를 일생일대의 작업으로 삼고 있는 것 같다. '초급' '중급'
'실전' '상급' '실용'을 거쳐 드디어 '고급'이다. 참 많이도
썼다. 그 와중에 욕도 많이 먹었다. 일기 좀 그만 써라. 상
상력은 어디 갔냐? 이 작가는 자기 인생 말고는 도무지 팔
게 없는 사람입니다.

새 책이 나오면 그림자처럼 늘 따라오는 질문들에 간단
한 대답의 실마리들을 메모해가다가, 마지막 질문에서 손
이 멈춘다.

—마지막 종이책을 내는 기분이 어떠신가요?

5:00 PM

짐을 챙겨 집을 나서려는데 아내가 막 문을 열고 들어온
다. 지금 가? 아내가 묻는다. 응. 내가 대답한다. 잘하고 와.

아내가 말한다. 문이 닫히고 29층까지 올라오는 엘리베이터를 기다리는 짧은 시간 동안 나는 생각한다. 잘한다는 건 뭘까? 내가 뭔가를 잘해왔던 적이 있나?

6:15 PM

북 토크 장소는 망원동의 카페 겸 서점 '무한책방'이다. 전해 듣기로는 교보문고 합정점을 제외하고 마포구에 남은 마지막 서점이다. 편집자가 보내준 홍보 이미지에는 모집 인원이 30명이라고 되어 있었는데 실제로 몇 명이 오는지는 알지 못한다. 지하철 6호선 망원역에서 내려 곧장 서점으로 가려던 나는 이미지 속 북 토크 시간이 생각했던 7시가 아닌 7시 30분이라는 것을 깨닫는다. 애매한데. 작가가 너무 일찍 북 토크 자리에 가서 앉아 있는 것도 썩 보기 좋은 그림은 아니다. 아직 배가 그리 고프지는 않지만 이왕 이렇게 된 거 저녁을 먹고 가기로 한다. 혹시 북 토크에 오는 사람들과 만날까 봐 서점 반대쪽 횡단보도를 건넌다.

낯선 동네에서 마땅한 음식점을 찾는 것은 생각보다 쉽

지 않다. 사람마다 자신만의 팁이 있겠지만 내 경우는 돈가스집을 찾는 것이 방법이다. 어딜 가도 그럭저럭 먹을 만하고 배도 부르다. 그러고 보니 무려 10년 전에도 비슷한 고민을 했다는 게 어렴풋이 기억난다. 큰길 옆으로 나뭇가지처럼 펼쳐진 작은 도로 사이에서 '우동과 돈까스'라는 간판을 발견한 순간 희미한 기억은 확신으로 바뀐다.

나는 저녁 시간인데도 아직 손님이 아무도 없는 가게에 들어가 '우동과 돈까스'를 시킨다. 메뉴는 단 하나고 서빙을 하는 이는 따로 없다. 마스크를 쓰고 주방 앞에 앉아 있던 여자가 주문을 듣고 주방으로 들어간다. 잠시 후 정말로 우동과 돈가스가 나온다. 10년 전의 맛을 정확히 기억할 수는 없지만 세상에는 변하지 않는 것도 있다는 생각에 혼자서 슬며시 웃는다. 천천히 음식을 다 먹은 뒤 계산을 하려다가 문득 10년 전 카운터에서 정중하게 계산을 해주던 백발의 사장님이 떠오르는 바람에 나는 하지 않아도 될 질문을 한다.

아버님께 물려받으셨나 봐요.

네?

여자는 포스기를 누르며 눈을 동그랗게 뜬다.

전에 왔을 땐 백발의 사장님이 계셨던 것 같아서요.

여자는 잠시 나를 뚫어지게 바라본다. 뭔가 묻지 말아야 할 것을 물은 것일까. 사연이 있나. 나는 긴장한다. 여자가 카드를 돌려주며 말한다.

저희 작년에 개업했는데요.

7:10 PM

'무한책방' 문을 열고 들어가자 편집자는 벌써 도착해 있다. 다행히 아직 독자는 아무도 오지 않았다. 안쪽 구석 자리에 자리를 잡은 그가 어떤 커피를 마시겠냐고 묻는다. 혹시 디카페인 있나요? 내가 되묻는다. 커피를 디카페인으로 마시는 사람들을 속으로 흉보던 시절이 있었다. 그럴 거면 왜 커피를 마시나. 커피는 카페인 때문에 마시는 건데. 디카페인 커피를 원하는 사람들은 달지 않은 설탕이나 안 짠 소금 같은 걸 찾는 이들처럼 어딘가 앞뒤가 맞지 않는다고 생각했다. 그러나 나도 이제는 디카페인을 마셔야 한다. 선택이 아니라 의무다. 의사가 이런 식으로 카페인을 과잉섭취 하면 제명에 죽을 걸 기대해선 안 된다고 엄포를 놓은 지 오래니까.

뒷맛이 비어 있는 것 같은 뜨거운 디카페인 아메리카노를 홀짝이며 시간이 흐르기를 기다린다. 북 토크 10분 전이 되자 두 사람이 들어온다. 5분 전에 한 사람. 1분 전에 또 한 사람. 이제 서점에 앉아 있는 사람은 편집자와 나, 바리스타를 제외하고 모두 네 명이다. 7시 30분 정각에 편집자는 나를 바라보며 묻는다.

5분만 더 기다려볼까요?

7:45 PM

결국 북 토크는 원래 시작하려던 시간보다 15분 늦게 시작한다. 오늘 참가하겠다고 한 사람은 모두 열두 명이었지만 실제로 자리에 온 인원은 여섯이다. 원래 오프라인 행사는 노쇼가 많아서요. 마이크를 멀찍이 떨어뜨린 채 편집자가 속삭인다. 독자들에게 인사를 하고 질문지 순서에 따라 편집자와 나 사이에 대화가 오간다. 대체로는 평이하고 따분한 질문들이지만 나는 속마음이 드러나지 않도록 주의해서 최대한 성실한 톤으로 답한다. 어느덧 편집자가 마지막 질문을 던진다.

"문학은 정말 침몰하는 배인가요?"

이건 약속과 다르잖아. 나는 생각한다. 원래 질문은 분명 이게 아니었다. 뭐였더라…….

"침몰한 지는 한참 된 것 같은데요."

내가 말하자 두세 사람이 쓸쓸하게 웃는다. 나도 그들을 따라 잠시 미소 지은 뒤 말을 잇는다.

"그런데요, 제 생각은 조금 달라요. 문학은 원래 침몰해 있었어요. 사람들은 원래 책을 읽지 않았고, 지금도 읽지 않고, 앞으로도 그럴 겁니다. 제가 볼 때 문학은 잠수함이에요. 우리의 삶이 아무 문제가 없을 때는 수면 밑에 가라앉아 보이지 않다가 질병이나 이별, 불운이나 실패처럼 급박한 고통과 아픔이 찾아오면 그때 비로소 수면 위로 올라오는 무엇이니까요."

박수 같은 걸 기대한 건 아니었지만 내 말이 끝나자 분위기는 냉랭할 정도로 고요하다. 나는 패배를 인정하는 병사처럼 마이크를 다소곳이 다리 위로 내려놓는다. 편집자가 말한다.

질문 있으신 분?

8:30 PM

우리 몇 사람 되지도 않는데, 좀 더 가까이 앉으면 어떨까요?

얼어붙은 침묵을 깨며 내가 말한다. 하나둘씩 엉거주춤 일어나 의자를 움직여 둥글게 둘러앉는다. 오늘 행사를 통틀어 지금의 의자 끄는 소리가 가장 경쾌하고 활달하다.

혹시 책 가지고 오신 분 계세요?

여섯 명 중 네 명은 휴대폰이나 태블릿을 들어 올린다. 나와 편집자도 종이책은 들고 오지 않았다. 종이책을 든 사람은 둘인데 표지와 제본 상태는 각각 다르다. 저 한번 구경해도 될까요? 나는 두꺼운 책을 가지고 온 사람에게 묻는다. 얼핏 봐도 양장에 표지 글자는 금박으로 후가공한 것이 눈에 띈다. 원을 반 바퀴쯤 건너온 책을 받아 드니 무겁다.

만드는 데 얼마 드셨어요?

옵션 다 적용하니까, 15만 원 정도요.

나는 내 책이 과연 15만 원의 가치를 하고 있는지 의심스럽다.

왜 그렇게 쓸데없는 데 돈을 쓰셨어요.

독자는 무슨 말을 하려다 말고 어색한 표정을 짓는다.

……아뇨, 사실은 정말 너무너무 감사합니다. 제 생명의 은인이세요.

내 말에 사람들이 엇박자로 웃는다. 물론 비싼 방식의 제작을 했다고 해서 작가에게 인세가 더 가지는 않는다. 내 책의 인세는 언제나 정가의 10퍼센트. 이것은 빅뱅 이래 발견된 그 어떤 물리법칙보다도 견고하다.

다른 책도 보여주시겠어요?

대각선에 앉은 두 번째 종이책 독자에게 묻는다. 이번에는 건네지는 속도만큼이나 책이 가볍다. 무게가 양장의 반절 정도 될까? 이 책은 페이퍼백 스타일로 내지 부분이 갱지에 가까운 얇고 어두운 종이로 제본되어 있다. 표지는 디자인이 전혀 없이 검은색 바탕에 『고급 한국어』라는 글자와 내 이름뿐이다.

　그래도 다행히 제 이름은 지우지 않으셨네요.

　내 말에 페이퍼백 독자는 하이 톤의 목소리로 별일 아니라는 듯 답한다.

　원래 그것도 빼고 싶었는데, 시스템상 안 되더라고요.

　그 말에 나는 후우, 하고 가슴을 쓸어내리는 제스처를 한다. 작은 웃음소리가 먼지처럼 흩어진다.

　우리는 한동안 바뀐 출판 환경과 도서 시장에 관해 이야기한다. 탈중앙, 탈권위, 탈시스템이 키워드가 된 지난 10년 동안의 출판계를 가로지르는 대화다. 가장 큰 변화는 책을 제작하는 출판사의 역할이 바뀐 것이다. 예전에는 책을 기획, 제작, 배포, 판매, 보관하는 모든 과정을 출판사가 담당했지만 이제 출판사는 단순한 1차 콘텐츠 제공자에 가깝다. 물론 완성품으로서의 책을 소량 만들기는 하나 대개의 책은 온라인으로 서비스되거나 주문형 출판POD, Publish On Demand의 형태로 제작된다. 나는 옛날 사람이라 여전히 남아 있는 소수의 서점에서 완성된 책을 고르고 사지만 대부분의 독자는 대표적인 POD 플랫폼 '파피루스'를 이용한다. '파피루스'와 유사한 POD 플랫폼 전체의 시장점유율을 다 합치면 대략 70퍼센트에 이른다. 그러고 보니 올해가 '파피루스' 론칭 10주년이다. "전자책을 사면 종이책을 드립니다"가 시장을 뒤집은 그들의 첫 캐치프레이즈였다. 주문형 출판 플랫폼을 사용하면 뭐가 좋냐는 내 질문에 사람들이 앞다투어 답한다.

조판을 내 마음대로 할 수 있다는 게 크죠. 폰트나 크기, 판형 같은 거. 전 표지 선택이요. 취향 따라 할 수 있고, 아예 안 할 수도 있고. 내용을 전체 다 인쇄할 필요도 없어요. 열 페이지짜리 『카라마조프가의 형제들』도 가능하고, 일러스트나 작가의 다른 작품들, 인터뷰 같은 걸 넣어 천 페이지짜리 『노인과 바다』를 만드는 것도 가능하고요. 컴필레이션 앨범처럼 내가 좋아하는 작품만으로 앤솔러지를 만들 수 있어요. 독자가 기획자가 되는 거랄까. AI 알고리즘 추천이요. 그냥 내 취향이나 성향만 입력해두면 알아서 다음 책을 만들어줘요. 많이 만들수록 기가 막히게 내 취향으로만 채워주고요. 사실 이북 스트리밍 기능이 제일 크죠. 음원 스트리밍이 처음 시작되었을 때만큼의 충격이랄까요. 물론 책이니까 파급효과는 많지 않지만요. 솔직히 요새 누가 집에 일반 종이책을 들여요. 옛날엔 종이책이 굿즈였지만 이제는 거의 뭐 부적이나 토템 아닌가요?

나는 새로운 사람이 입을 열 때마다 일일이 눈을 마주치며 그들의 의견을 듣는다. 하지만 속으로는 생각하는 중이다. 아까 내 작품에 관해 물어볼 때 이렇게들 좀 얘기를 하시지.

9:20 PM
편집자가 아까부터 계속 시계를 보고 있다. 예정된 종료

시각이 얼마 남지 않았다. 잠깐의 침묵이 흐르는 사이 편집자가 행사를 마무리하고 싶다는 의지가 담긴 질문을 던진다. 혹시 더 하고 싶은 질문 있으신가요?

마지막 종이책을 내는 기분이 어떠신가요?

아. 순간 나는 질문지에 있던 편집자의 마지막 질문이 무엇이었는지 깨닫는다. 대답을 하려는데 서점 뒤쪽 유리문을 밀며 못 온다던 첫째가 들어온다. 집에 들렀다 왔나. 학원에서 바로 온 걸까. 엄마에게 말은 했나. 여러 생각이 겹치지만 그래도 마음은 반갑다. 나는 독자에게 시원섭섭하지만 어쩔 수 없는 일이라고 생각한다는 영혼 없는 답을 한다. 말하는 동안에도 실은 아이를 주시하고 있다. 첫째는 메고 있던 가방에서 휴대폰을 꺼내 펼치고 자리에 앉은 사람들을 찍는다. 기특한 너석. 10년 전 같은 자리에서 구몬수학을 풀고, 집에 돌아와 아빠 강의가 세상에서 제일 재미없다고 말하는 철부지는 이제 없다.

그럼 이것으로 오늘 북 토크를 마치겠습니다. 모두 안녕히 가세요.

편집자의 마무리 멘트와 함께 모임이 파한다. 이대로 끝난다고? 지금 들어온 첫째에게 뭔가 보여주고 싶다. 아빠 북 토크가 세상에서 제일 재미없지 않다는 것을. 하나둘 주섬주섬 짐을 챙겨 일어나려는데 내가 꺼진 마이크를 들고 묻는다.

앞으로 책은 어떻게 될까요?

몸을 돌려 옷을 입던 사람, 가방에 짐을 넣던 사람, 일어서 나가려던 사람들이 일제히 나를 돌아본다. 원 밖에 외따로 앉아 있던 첫째도 나를 본다. 억지로 물었지만 가짜 질문은 아니다. 나는 정말로 궁금하다. 30년 전에도, 10년 전에도, 지금 이 순간에도. 어쩌면 죽을 때까지 궁금할 것이다. 앞으로 책은 어떻게 될까? 소크라테스는 책을 반대했다. 정확히 말하자면, 문자와 글쓰기는 사람들에게 글로 쓰인 것만이 앎으로 가는 유일한 길이라는 착각을 심어줄 수 있기 때문에 위험하다고 경고했다. 책은 정보에 불과하고, 진정한 앎은 우리 내면에서 나오는 것이므로. 책도 그저 지나가는 하나의 형식일 뿐일까? 파피루스, 볼루멘, 코덱스.

기원전 4천 년부터 2천 년에 이르기까지, 우리는 인류 역사에서 유효기간이 조금 길었던 어떤 지식 플랫폼의 황혼을 보고 있는 것일까?

집에 가려던 사람들이 입을 연다.

이미 오타쿠들의 문화가 되지 않았나요? 저기, 매니악하다고 포장 좀 해주세요. 이제 대부분의 책은 이북 형태로 겨우 살아남았고, 앞으로도 그럴 거라고 생각하는데요. 딱히 그게 나쁜 일도 아니고. 몇 달 전에 정부에서 예고한 '팔만대장경 프로젝트'가 본격화되면 모든 책이 전자적으로 통합되니까 더 이상 책을 만들고 파는 행위는 무의미해질 거라고 생각해요. 미국의 'The Ultimate Book'이나 EU의 'Euritas' 같은 좋은 선행 사례도 있고요. 소비자를 타깃으로 하는 책은 벌써 많이 줄었지만 앞으로는 완전히 사라질 거라고 생각해요. 출판은 생산자 타깃의 산업으로 남겠죠. 글을 어떻게 쓰는지에 관한 글만 남아서 내고 싶은 사람들을 위한 시장만 겨우 유지되고요. 유명인들의 책 추천, 아니면 책을 추천해서 유명인이 된 사람들의 존재가 어느새 희미해지고 그들의 얘기는 시들해졌잖아요. 다들 책을 통해서 연예인이 되려고만 하고. 책을 읽는 게 근사해 보이던 시절도 있지 않았나요? 제가 어릴 때는요. 근데 지금은 아닌 거 같아요. 일단 재미가 없고 시간도 많이 잡아먹고 가성비도 떨어져서요.

사람들의 목소리가 잦아들자 첫째가 손을 들고 묻는다.

작가님 생각은요?

나는 선뜻 대답하지 못한다. 복잡하고 어두운 감정의 물결 속에서 머릿속 단어들이 기름이 유출된 바다의 죽은 물고기 떼처럼 정리되지 못한 채 눈을 부릅뜨고 떠다닌다. 편집자와 눈이 마주치자 그가 박수를 두 번 치고 큰 소리로 말한다.

우리, 기념사진 찍을까요?

9:50 PM

'무한책방' 앞에서 편집자는 포스터를 건넨다.

종이로 된 건 다 귀하니까요.

나는 고맙다고 말하며 악수를 한다. 행사 포스터가 어디 붙어 있었더라. 실은 있는 줄도 몰랐다. '무한책방' 조명이 꺼지는 것을 신호 삼아 우리는 지하철역을 향해 걷기 시작한다. 집에 돌아올 때까지 아무 말도 하지 않던 아이는 아파트 단지 앞 횡단보도에서 한마디 한다.

나 포스터 가져도 돼?

나는 잠깐 머뭇거린다. 그사이 신호가 초록색으로 바뀌고, 집 쪽으로 걸음을 옮기며 내가 말한다.

그럼.

1:50 AM

작업 중에 화장실에 가려고 거실로 나왔다가 반대쪽 아이방을 본다. 문은 닫혀 있지만 안에서 희미한 빛이 책 모양으로 새어 나온다. 아직도 잠을 안 자나? 무슨 일이 있나? 문 앞으로 다가가 노크를 해보려다가 그만둔다. 한밤중에 십대 자녀를 자극하는 것은 세상에서 가장 어리석은 일이다.